PARISIENS

et

MONTAGNARDS

Heinrich baigna ses pieds endoloris.

Mlle ZÉNAÏDE FLEURIOT

PARISIENS

ET

MONTAGNARDS

OUVRAGE ILLUSTRÉ DE 49 GRAVURES

PAR

E. ZIER

PARIS
LIBRAIRIE HACHETTE ET Cie
79, BOULEVARD SAINT-GERMAIN, 79
1914

PARISIENS
ET MONTAGNARDS

I

Un médecin célèbre. — Agréable consultation.

Il y avait une consultation médicale chez M. Darraudel-Lépine, ingénieur en retraite, qui demeurait provisoirement rue Neuve-des-Mathurins, à Paris.

Trois messieurs qui ne se ressemblaient guère furent successivement introduits dans le grand salon, dont les quatre fenêtres donnaient sur la rue.

Le premier arrivé, le plus jeune, était un petit blondin très maigre, dont les habits étaient propres, mais râpés; le second, au contraire, était un homme au visage sanguin et jovial, aux cheveux gris, qui avait le ruban rouge noué à la boutonnière de sa redingote élégante; le troisième avait à peine dépassé cinquante ans, et c'était une petite rosette d'officier qui s'épanouissait sur le revers de son habit.

Le jeune médecin avait salué très bas le docteur au ruban; il s'inclina plus bas encore, et non sans une certaine émotion, devant le docteur à la rosette, dont les yeux noirs pénétrants scintillaient sous une arcade sourcilière profonde, derrière les verres d'un lorgnon qui semblait placé à demeure.

Les trois médecins finissaient à peine d'échanger les premières paroles de banale courtoisie, qu'une porte du fond s'ouvrit devant le maître de la maison.

C'était un homme dans la maturité de l'âge. Grand, élancé, le front chauve comme la plupart des gens qui vivent par la pensée, sa physionomie, au premier abord, était d'une particulière gravité.

Il serra la main des deux premiers médecins, et, saluant le troisième avec déférence, il le remercia en termes bien sentis d'avoir consenti à prendre part à la consultation dont son fils était l'objet. Il ajouta :

« Je sais que vos moments sont très précieux, docteur, je vais chercher votre malade. »

Il sortit, et les médecins continuèrent leur dissertation.

La conclusion fut qu'Alfred Darraudel était, selon le médecin décoré, atteint d'une grave maladie de cœur et, selon le médecin le plus jeune, d'une maladie tuberculeuse des intestins.

Du reste, quand le jeune garçon se présenta, on aurait pu lui octroyer toutes les maladies du monde. Pâle, maigre, se soutenant à peine, les mains diaphanes, il était devenu un fantôme, une ombre.

« Voilà mon fils, monsieur, dit le

père en s'adressant au médecin qui lui était évidemment étranger. Ces messieurs ne sont d'accord que sur l'origine du mal, l'anémie. Pour les complications qui surviennent, et surtout pour le traitement, ils ne s'entendent point. Je vous ai appelé, espérant que vous trancherez la question. Alfred, assieds-toi. »

Alfred s'affaissa sur un grand fauteuil

et une consultation en règle commença.

Le jeune médecin tira de toutes ses forces sur ses bras et attacha son oreille à son dos, dont il fit un tambour sur lequel ses doigts frappaient nerveusement; l'autre compta les pulsations de son cœur et celle de son pouls.

Le supplice terminé, chacun d'eux s'en allait dans l'embrasure de la croisée, d'où le troisième médecin assistait à la consultation, ne perdant pas le jeune garçon des yeux, et, tandis que les mots techniques et les phrases barbares roulaient hors de leur bouche comme des cailloux, il souriait imperceptiblement.

Lorsqu'ils eurent fini leurs auscultations diverses, il se leva et à son tour s'approcha du jeune malade. Ses yeux, pénétrants comme deux lames, l'examinèrent quelques minutes. Puis il tira de sa poche un petit instrument, déploya un tube en caoutchouc, demanda à Alfred de placer la petite plaque à l'endroit de la poitrine qu'il indiquerait, et approcha l'autre extrémité du tube de son oreille. Cela se fit doucement, paisiblement, sans fatigue pour le jeune homme. Le médecin déplaçait, replaçait l'admirable appareil et écoutait attentivement ses réponses. Cela fait, il congédia Alfred en lui donnant une légère chiquenaude sur la joue, et, marchant vers le groupe formé par le père et les deux médecins, il dit simplement que ses confrères avaient certainement bien reconnu et bien soigné la maladie, mais qu'il ne voyait aucun danger immédiat, les organes vitaux n'étant pas attaqués.

Il espérait donc la guérison : allégation qui arracha d'involontaires signes de dénégation à ses confrères.

Cela déclaré, il leur serra la main et s'en alla le premier, reconduit jusqu'à la porte par le père, que ce peu de paroles avaient déjà consolé.

« Vous reviendrez, docteur? » lui dit-il à la porte.

Le docteur jeta un coup d'œil vers ses confrères, qui parlementaient encore.

« Je visite demain, au troisième étage, une de mes parentes, dit-il à demi-voix.... Je reviendrai, si vous le désirez.

— Je vous en supplie.

— Très bien, à deux heures. »

Et saluant, il sortit.

M. Darraudel comprit que le dernier mot de la consultation n'était pas dit, et il s'occupa de renvoyer à leurs affaires les deux autres médecins, qui semblaient tout disposés à continuer leur dissertation dans le salon.

Il les mit, on peut le dire, et le plus

poliment possible, à la porte, s'assit près d'une table couverte d'albums, en ouvrit un et se mit à le feuilleter machinalement.

« Père, vous êtes seul, puis-je entrer? » dit une voix au timbre pénétrant.

Il répondit par un geste d'assentiment.

La porte s'entr'ouvrit.

Il avait à peine tourné les premiers feuillets, que la même porte par laquelle il était entré s'entr'ouvrit et un visage de jeune fille rayonna dans l'entre-bâillure.

La jeune fille glissa sa mince personne par l'entre-bâillure et le rejoignit.

Ses yeux bleus, frangés de soyeux

cils noirs, lui posèrent une interrogation douloureuse.

« Je ne sais encore rien, dit-il en laissant tomber son front dans sa main. Nos médecins ordinaires se sont disputés, comme toujours, l'un disant blanc, l'autre disant noir.

— Mais l'autre, mon père, le célèbre docteur Pontchâteau ?

— Lui, n'a rien dit de positif encore ; il a paru approuver le dernier traitement.

— Et c'est cela une consultation, papa? dit la jeune fille amèrement. Nous n'en saurons pas davantage sur l'état de mon pauvre frère. C'est encore une déception.

— Évidemment il y a dans son état quelque chose qui déroute la science de ces médecins. Le docteur Pontchâteau n'a pas condamné Alfred, c'est déjà beaucoup.

— Alfred a été très content de sa manière de consulter, papa ?

— Je le conçois. Le petit docteur, notre voisin, exagère le zèle, l'autre est brusque. Les consultations répétées fatiguent visiblement Alfred maintenant. »

Il se tut un instant, et, fixant son regard sur sa fille :

« Camille, dit-il, je crois que nous retournerons chez nous avant peu. La science médicale, à Paris, n'a pas tenu ce que j'attendais d'elle, et je trouve qu'Alfred s'affaiblit de jour en jour.

— De jour en jour, papa, répondit la jeune fille en se laissant tomber accablée sur un fauteuil. Alfred ne peut plus supporter l'air de Paris, je venais vous supplier de retourner au Bradon. »

Et, relevant la tête, elle attendit la réponse de son père.

« Demain je prendrai une résolution définitive, répondit-il d'un air sombre. Si mon fils doit mourir, qu'il meure chez moi. »

Le lendemain, avec l'exactitude qui caractérise les gens dont le temps a une grande valeur, le docteur Pontchâteau sonnait à la porte de M. Darraudel, et, d'après les ordres donnés, était introduit dans le salon.

L'ingénieur, qui s'y trouvait avec sa fille, s'empressa d'aller à la rencontre de l'homme qu'il avait fait l'arbitre de la santé de son fils.

En apercevant le docteur, Camille s'était levée précipitamment, dans l'intention de quitter l'appartement; mais le regard perçant de l'éminent praticien la cloua à sa place.

La jeune fille sembla comprendre qu'il lui intimait l'ordre de rester.

« Ma fille, docteur, dit M. Darraudel, en forme de présentation.

— La sœur de notre malade sans doute ?

— Oui.

— La ressemblance est vraiment frappante. Mademoiselle, restez de grâce ; vous n'êtes pas de trop ; au contraire. »

Il prit le fauteuil que lui avait avancé le père d'Alfred, et, appuyant ses deux mains sur ses genoux, il fixa son regard profond sur le visage de M. Darraudel et reprit :

« Monsieur, je n'ai pas voulu contredire mes confrères, dont le diagnostic peut être juste selon le point de vue où l'on se place, ni leur poser des questions auxquelles ils n'auraient pu répondre. Aujourd'hui, pour reconnaître la confiance dont vous m'honorez, je viens réclamer les détails intimes qu'ils paraissent ignorer et qu'il est absolument nécessaire de connaître. »

Et comme Camille, impressionnée par son accent, faisait mine de se lever, il se tourna vers elle, et, d'un ton impératif, il ajouta :

« Je vous le répète, mademoiselle, vous n'êtes pas de trop. Les femmes ont l'intelligence très pénétrante lorsqu'il s'agit de découvrir la cause morale qui dépose un germe de destruction dans la santé physique. Revenons à mon interrogatoire. Ce jeune homme n'a-t-il pas éprouvé, avant de tomber en cette langueur, quelque violente émotion? Ne s'est-il pas fait en lui une révolution provoquée par une cause demeurée inconnue?

— Monsieur, répondit l'ingénieur en pâlissant, il a été frappé comme moi, comme sa sœur, par la mort successive de sa mère et de ma fille cadette. Ce sont de ces malheurs qu'il faut bien supporter, hélas!

— Pardonnez-moi de revenir sur ce passé douloureux. A quelle époque avez-vous subi ces deuils?

— J'ai perdu ma femme il y a quatre ans et ma fille il y a deux ans.

— Est-ce depuis ces événements que la santé de votre fils a décliné?

— Il a été souffrant après la mort de sa sœur, très souffrant même; puis il s'est remis, très bien remis, n'est-ce pas, Camille? »

La jeune fille hocha la tête.

« Jamais, mon père, dit-elle. Depuis la mort de Geneviève, il y a eu chez Alfred un grand changement, et ce n'est que par une force de volonté très grande qu'il a pu retourner au collège. Monsieur, c'était sa sœur jumelle.

— L'ébranlement a été très grand, je m'en suis aperçu aussi, remarqua l'ingénieur; mais il a repris sa vie de collège, ses études, et ce n'est que depuis six mois qu'une maladie tout à fait étrange s'est déclarée et qu'il m'a fallu le reprendre.

— Mais, père, il était malade avant, je vous assure, dit Camille vivement. Depuis la mort de Geneviève, Alfred est devenu comme un corps sans âme. Il n'en parle jamais à personne, mais il y pense toujours. Ce matin encore, en recousant un bouton à un de ses gilets, j'ai trouvé une photographie de Geneviève dans sa poche. Ils s'aimaient tant, monsieur; nous nous aimions tant. »

Et la jeune fille ne put réprimer un sanglot.

« Camille, dit non sans sévérité M. Darraudel, il s'agit en ce moment d'une consultation médicale et non d'une affaire de sentiment. Nous avons tous cruellement souffert. N'exagères-tu pas l'impression ressentie par Alfred? Je ne me suis aperçu de rien.

— Il est beaucoup plus concentré que vous ne pouvez le supposer, mon père. Il ne parle jamais de son chagrin devant vous, pour ne pas vous affliger; mais, quand nous sommes seuls, il n'a que le nom de Geneviève à la bouche. Vous ne l'avez pas remarqué, mais il sort du salon sitôt que je me mets au piano, parce que, dit-il, il lui semble toujours voir Geneviève s'asseoir auprès de moi, comme lorsque nous jouions à quatre mains.

— Sa faiblesse devient si grande! dit M. Darraudel; les gens faibles sont portés à la tristesse. Enfin, docteur, vous ne lui avez pas trouvé de maladie bien caractérisée, ni mortelle?

— Rien, chez lui, n'est malade irrémédiablement encore, monsieur, malgré les remèdes qu'il a pris et qui étaient hors de saison. Mademoiselle, vous avez, j'en suis convaincu, mis le doigt sur la plaie. Il y a eu un ébranlement général dans l'organisme de cet enfant, précisément pendant une période de croissance. Il faut le distraire et le ranimer à tout prix, l'arracher à cet affaissement dangereux, suspendre ses études. Il n'a que trop étudié. Essayez d'un voyage, si vous êtes libre de voyager.

— Parfaitement libre, docteur. J'ai abandonné les affaires à la mort de ma femme et me suis tout entier dévoué à mes enfants.

— Eh bien, monsieur, partez. Laissez là tous les remèdes, puisqu'ils sont demeurés inefficaces.

— C'est votre avis?

— C'est mon avis. Pour ranimer des forces qui ne sont heureusement qu'engourdies, il faut, avant tout, recourir à la nature, à la bienfaisante nature.

— Mais nous habitons en pleine campagne, docteur.

— Je le veux bien; mais là sont les souvenirs qui neutralisent l'effet ambiant. Arrachez-le à ses souvenirs. Il est rare, je le sais, de rencontrer cette sensibilité chez un jeune homme; mais d'abord nous devons reconnaître qu'une mystérieuse affinité existe parfois entre deux jumeaux; d'un autre côté, cette impression fatale coïncide avec une phase de transformation. Voyagez, et le résultat ne se fera pas attendre. Et, tenez, annoncez-lui votre résolution. Ou je me trompe, ou la pensée de ne pas retourner là où se sont passées les scènes qui l'ont bouleversé d'abord, puis anéanti, causera tout de suite une sorte de réaction salutaire.

— Camille, va chercher ton frère », dit l'ingénieur.

La jeune fille, qui s'était levée à la première parole du docteur, quitta le salon.

« Je le pressentais, nous avions affaire à une maladie plutôt morale que physique, dit celui-ci. Il ne faut pas toujours se contenter d'examiner les organes, la machine. Il y a d'autres puissances, quelque peu tangibles qu'elles soient. Une secousse est nécessaire. Nous la donnerons par le voyage. Où comptez-vous aller?

— En Suisse, en passant par l'Italie si vous l'approuvez.

— Je l'approuve. Les excursions dans les montagnes, sur les lacs, seront d'un effet excellent lorsque l'appétit et le sommeil seront revenus. C'est vous dire que je préfère la Suisse à l'Italie.

— Je ne prends l'Italie que comme ligne d'itinéraire. J'ai été mêlé aux travaux du Saint-Gothard, et les détails que je pourrai donner à mes enfants sur ce magnifique travail ne peuvent manquer de les intéresser.

— A merveille! L'intérêt, voilà ce qu'il faut ressusciter chez cet enfant, qui ne s'intéresse plus à rien, n'est-ce pas?

— A rien. »

Le docteur se retourna vers la porte du fond, qui venait de s'ouvrir devant Alfred et sa sœur, et les regarda s'avancer.

« Vous savez le résultat de mon examen, mon jeune ami? dit-il; vous déplaît-il de voyager? »

Une légère rougeur anima soudain le visage exsangue d'Alfred.

« Oh non! monsieur, répondit-il; j'aime beaucoup mieux un voyage que tous les remèdes qu'on me fait prendre.

— Celui-là sera souverain, j'en ai la confiance, dit le médecin en se levant. Néanmoins, par mesure de précaution, vous continuerez quelque temps le traitement nouveau qui vous a été ordonné; mais sitôt que vous sentirez vos forces revenir, vous ne prendrez plus d'autre tisane que l'excellent lait des belles vaches suisses, qui vaut un peu mieux que celui des vaches du Jardin d'Acclimatation. »

Et là-dessus il s'en alla, reconduit par M. Darraudel, qui avait quelques renseignements complémentaires à lui demander.

II

Les tiraillements de tante Eugénie. — Le fond du cœur de M. Auguste. — Le voyage.

Trois jours plus tard, M. Darraudel arrivait à la gare de Paris-Lyon-Méditerranée, escorté de ses enfants et de deux parents, qui attendaient que la portière d'un wagon se fût refermée sur Alfred, pour croire qu'il pût entreprendre un voyage.

Le résultat tout à fait inattendu de la consultation parisienne avait jeté l'effroi dans la partie féminine de la parenté de M. Darraudel.

Depuis deux ans, ces bons cœurs s'intéressaient à cet enfant devenu souffreteux et débile, et chacune des sœurs de sa mère s'était improvisée docteur, pour découvrir un remède à ce mal étrange qui le rongeait et que leurs soins, souvent maladroits, ne pouvaient enrayer.

On avait essayé, mais en vain, de détourner l'ingénieur de ce projet de voyage: on lui avait fait les plus sinistres prédictions, et une de ses belles-sœurs, qui n'avait jamais quitté sa petite ville et dont la nature timide s'effarouchait de tout, avait poussé l'héroïsme jusqu'à déclarer que, s'ils persistaient dans cet horrible dessein, elle les suivrait, se faisant un cas de conscience de laisser la responsabilité du malade et du ménage ambulant à une jeune fille de seize ans.

Cette bonne tante Eugénie arrivait donc à la gare, soutenue par son cousin, un gros monsieur apoplectique qui, malgré sa mine réjouie, s'amusait à désespérer les gens et lui prédisait qu'elle reviendrait de ce voyage dans un fourgon des pompes funèbres, en compagnie de son neveu Alfred.

« Auguste, parlez plus bas, parlez plus bas, murmurait Mlle Eugénie; si le pauvre enfant vous entendait!

— Je ne parle pas pour lui, je parle pour vous, Eugénie; vous êtes la plus folle de tous, de vous embarquer dans ce voyage extravagant. Cet enfant-là est sur le bord de la tombe.

— Mais puisque c'est un médecin, et un célèbre médecin, qui recommande de le faire voyager. »

Le gros monsieur éclata de rire.

« Les médecins célèbres, je les connais, ils ne savent rien de plus que les autres; plus ils sont célèbres, moins ils se soucient de vous.

— Mais, Auguste, Alfred a déjà meilleure mine, ne le trouvez-vous pas ? »

M. Auguste répondit par un énergique mouvement d'épaules.

Alfred revenait vers eux et allait s'appuyer contre la balustrade dressée devant le guichet où se distribuaient les billets.

« Belle mine, en vérité! reprit-il

ironiquement, mine de poitrinaire arrivé à la troisième période.

— Les médecins affirment que la poitrine n'est pas attaquée.

— Peut-être pas plus que le reste, le reste ne valant rien. Eugénie, croyez-moi, n'allez pas vous enferrer là-dedans. Vous pousserez peut-être jusqu'à Dijon ou Mâcon; mais pas plus loin. Dites à Darraudel que vous avez réfléchi, que votre santé ne peut supporter les fatigues d'un voyage...; dites ce que vous voudrez, mais revenez tout simplement déjeuner chez nous. Ma femme vous attend, car elle a commandé des pigeons à la crapaudine. »

Ces paroles mirent la perplexité de Mlle Eugénie à son comble. Elle retira sa main bien gantée de dessous le bras de son cousin et se mit à courir à droite, à gauche, tantôt du côté du pesage des bagages, vers lequel se dirigeait M. Darraudel, tantôt vers Alfred, toujours appuyé sur la barrière, tantôt vers Camille, debout près des menus colis dont le vieux et fidèle valet de chambre de son père s'était chargé.

Derrière son beau-frère, elle balbutiait d'une voie essoufflée :

« Édouard, je ne pourrai jamais partir avec vous; je me sens déjà malade. »

A Camille, elle dit : « Ma chère enfant, ce voyage est une imprudence, une si grande imprudence, que je... ».

Et sans finir sa phrase, sans attendre la réponse de la jeune fille, elle s'élança vers Alfred :

« Comme tu es pâle! comme tu es pâle! Ne crains-tu pas de tomber en faiblesse? demanda-t-elle de sa voix troublée; viens dans les salles d'attente, je t'en prie.

— Ma tante, je m'amuse beaucoup à voir défiler les voyageurs, répondit-il en souriant.

— Malheureux ! tu devrais être dans ton lit. Quel tapage dans cette gare! Cela fend la tête, n'est-ce pas?

— Oui, mais cela empêche de penser; cela me fait beaucoup de bien, à moi, ma tante.

— Alfred, tu recommanderas à ton père de t'arrêter à Dijon. Il faut que vous couchiez à Dijon.

— Pourquoi, ma tante? je serai très bien en wagon, vous verrez. Est-ce que vous reculez, maintenant? Vous me donnerez mon sirop, et je dormirai beaucoup mieux que dans mon lit.

— Dis-tu vrai, Alfred? Du sirop, mon Dieu, je t'en donnerai tant que tu voudras; mais cela te fera-t-il du bien?

— Mais oui, ma tante. Je me sens déjà mieux. Voyager avec papa, Camille et vous me fait tant de plaisir! — Mais papa nous appelle, je crois. Il craint que je ne me fatigue sur mes jambes. Venez, ma tante, venez. »

Puis il s'éloigna à la suite de Camille et du valet de chambre, et Mlle Eugénie le suivit, mais toujours comme coupée en deux, s'arrêtant, se détournant et adressant de grands gestes à son cousin Auguste, qui signifiaient, selon elle :

« Il le faut, il le faut, il le faut.... »

Ce qu'il traduisait par : « Je reviens, je reviens. »

Tant que le cousin Auguste aperçut sa robe grise et sa capote de tulle noir, il n'eut pas l'idée qu'une désertion fût à craindre.

Mais, à sa plus grande stupéfaction, robe et capote s'engouffrèrent dans les salles d'attente, et il dut chercher un moyen de rejoindre les voyageurs sur le quai.

Comme il avait une manière bredouillante de questionner les employés et des mouvements d'une lenteur tout à fait spéciale, il arriva sur le quai juste à temps pour voir la robe grise et la capote noire s'enlever sur le marchepied d'un wagon de première classe.

Par une ironie du sort, le train eut une manœuvre de recul qui lui mit sa cousine sous les yeux, quasi à la portée de sa main, puis l'employé donna le signal du départ et le wagon où se trouvait Mlle Eugénie passa, on peut le dire, sous le nez du cousin Auguste, qui était devenu écarlate.

Alors, devant cette trahison, il laissa échapper de son cœur la raison réelle, véritable, de ses aimables et pressantes insistances, de sa tendre et inquiète sollicitude. Il ne songea pas à soulever son chapeau quand la capote noire passa et qu'une petite main gantée de gris s'agita en signe d'adieu.

Non, il plaça simplement ses deux pouces dans les entournures de son gilet, et, les yeux tout arrondis et machinalement fixés sur ce train qui s'enfuyait, il murmura entre ses dents :

« Qui diable va faire mon bésigue? »

Et cela dit, il tourna le dos et sortit tout penaud de la gare.

Le train avait disparu et courait vers Dijon. On déjeuna à Tonnerre et Alfred n'échappa pas à la curiosité des voyageurs qui suivaient d'un regard étonné ce pâle adolescent qui n'avait plus guère qu'une apparence de vie; il n'était pas de femme qui ne se détournât avec compassion pour le voir marcher.

Le médecin qui avait osé conseiller ce voyage avait seul compris que les phénomènes physiques et moraux qui s'étaient ligués pour menacer l'existence du jeune garçon ne se guériraient pas par les remèdes pharmaceutiques. Physiquement, il avait tout à coup grandi extraordinairement, et c'était au milieu même de cette phase, souvent dangereuse, que lui était survenue cette douleur qui le tuait à petit feu.

Cette sœur jumelle, qui était sa propre ressemblance et avec laquelle il avait vécu dans une étroite intimité, avait été comme une doublure de son propre être et il n'avait pu se faire à sa disparition.

Il y a entre les créatures nées ou élevées dans des conditions spéciales de ces affinités mystérieuses qui s'affirment plus qu'elles ne s'expliquent.

Dans sa famille même, on n'avait pas

deviné que le chagrin d'Alfred avait survécu au malaise dû à sa croissance trop rapide, et que c'était ce chagrin qui le consumait.

Un garçon de quatorze ans ne répand pas de larmes, ne pousse pas de soupirs quand il souffre; mais cette souffrance cachée, très intense, éternisait sa faiblesse.

Le moment psychologique de l'arracher à sa désolation intime, à ses souvenirs surtout, était venu, et voilà ce que le savant médecin avait deviné.

Plus tôt, il eût voyagé avec cette ombre chère à ses côtés, il eût eu devant les yeux ces scènes d'agonie et de mort qui s'étaient incrustées dans son imagination pour n'en plus sortir; plus tôt, c'eût été trop vite. En ce moment il était accessible aux émotions extérieures, aux changements à vue, à tout ce qui rend les voyages une distraction suprême, et l'effet salutaire se fit tout de suite sentir.

Non seulement on ne s'arrêta pas à Dijon, ni à Mâcon, mais on fit la première journée d'un trait, et Alfred but tant de sirop sans se faire prier, que l'espoir se fit jour dans le cœur craintif de tante Eugénie. Il dormit si bien dans son lit d'hôtel, qu'on faillit manquer le train le lendemain matin.

Le voyage se continua ainsi à grandes journées, et si l'on s'arrêta à Milan, ce ne fut pas pour faire reposer Alfred, qui disait toujours : « En avant ».

Non, la halte fut tout en l'honneur de la merveilleuse cathédrale où l'on vénère les restes de saint Charles Borromée.

Ce jour-là, d'ailleurs, était un dimanche et le repos s'imposait.

Alfred aurait voulu tenter l'ascension du Dôme, ce qui était une entreprise au-dessus de ses forces; mais il se rendit sans trop de peine aux supplications de sa tante Eugénie.

Elle avait déclaré qu'elle le suivrait, qu'elle monterait les degrés un pan de son veston dans la main, et que si le vertige le prenait, elle aurait du moins la consolation de dégringoler avec lui.

Cette petite tante peureuse et encombrante rendait à Alfred le service signalé de lui interdire toutes les imprudences que son père et sa sœur n'auraient pu empêcher.

Depuis qu'il se sentait debout, il avait des velléités d'exagérer ses forces, et c'était tout un travail de réflexion chez Camille de ne jamais proposer aucune excursion qui pût être une tentation pour Alfred.

M. Darraudel, les premières inquiétudes passées, se laissait peu à peu envahir par ses souvenirs scientifiques, et au moment de mettre le pied dans le train qui allait s'engouffrer dans les interminables tunnels du Saint-Gothard, il était redevenu tout entier ingénieur, et sa conversation s'animait d'autant plus qu'il trouvait dans Camille et dans Alfred deux intelligents auditeurs.

La pauvre tante Eugénie, blottie dans son coin, pliée en deux comme si la voûte sombre menaçait de lui tomber sur le dos, récitait, en balbutiant, son chapelet. Ses yeux, dilatés par l'épouvante, cherchaient sans cesse ses compagnons de voyage, et leur vue lui arrachait un soupir de soulagement.

Camille écoutait son père avec un si joli sourire sur les lèvres, et Alfred lui-même, malgré sa pâleur et son attitude languissante, avait les yeux si brillants, qu'elle n'osait pas se plaindre.

« Où sommes-nous? » demandait-elle parfois, d'une voix mal assurée.

M. Darraudel interrompait ses explications pour lui donner le nom de la montagne dans les flancs de laquelle le génie de l'homme avait tracé un chemin.

Naturellement, lorsque le train se retrouvait à ciel ouvert, ses angoisses changeaient d'objet, mais ne disparaissaient pas.

Le cousin Auguste était devenu écarlate.

Elle constatait que Camille avait les yeux battus, ce qui était tout simplement un effet de la poussière de charbon condensée dans les tunnels; elle affirmait que la respiration d'Alfred devenait embarrassée.

Les passages dans cet air comprimé ne convenant point à son état de faiblesse, il haletait en effet quelque peu en sortant du tunnel ; mais les splendeurs du paysage ajoutées à l'exquise pureté de l'air qui se respirait sur ces hauteurs, avaient bien vite raison de ce malaise et il s'abandonnait sans réserve au charme sans cesse renaissant du paysage.

La route qu'ils suivaient, unique au monde sans doute, offre des contrastes saisissants.

Ce ne sont pas seulement les contrastes naturels entre les plaines riantes de la Lombardie et les versants neigeux et déchiquetés des Alpes, entre les lacs bleus aux gracieux contours et les torrents furieux qui grondent au fond des crevasses profondes ; c'est le contraste étrange entre la puissance de Dieu et la puissance de l'homme, qui se sont en quelque sorte mesurées en ce hardi chemin.

En ces pays, l'œuvre du Créateur est gigantesque et d'une admirable diversité. Là se voient les monts qui portent leur front sourcilleux ou blanc de neige jusqu'au firmament, et les gracieuses vallées au gazon de velours, les rocs formidables et les fleurs délicates, les torrents mugissants et les filets d'eau qui s'égrènent en perles brillantes le long des roches grises.

Que fait l'homme à son tour dans ces sites charmants ou grandioses? Il affirme une intelligence qui n'a d'égale que son audace. Il perce de part en part les montagnes colossales et fait passer dedans, dessus, dessous, les véhicules qui le portent. Il jette des ponts aériens sous lesquels gronderont à l'aise les torrents les plus tumultueux, il éventre, il aplanit, il creuse, il remanie. L'homme, qui a tout a fait l'air d'un vermisseau en face de ces Alpes superbes, a trouvé dans son intelligence le secret de les faire servir et à ses intérêts et à ses plaisirs.

Voilà ce qu'expliquait M. Darraudel à ses enfants, qui l'écoutaient avec un vif intérêt et qui, avec l'enthousiasme de leur âge, admiraient les échappées de paysage, toutes plus splendides les unes que les autres.

La tante Eugénie essayait aussi d'admirer ; mais l'oppression était la plus forte. Dans les tunnels, elle se blottissait sous les sacs de voyage ; dans les échappées, elle regardait en tremblant ces profondeurs et ces hauteurs et se déclarait prise de vertige.

« Tante Eugénie, regardez donc couler ce torrent », criait Alfred, dont toute la vie semblait dans les yeux.

Tante Eugénie tournait ses petit yeux vers le point indiqué et faisait un geste aussi admiratif que possible, bien qu'elle n'eût plus qu'un seul désir : ne plus voir de torrents du tout.

III

Au Schweizerhof.

A Fluelen, où apparaît l'admirable lac des Quatre-Cantons, un bateau à vapeur reçut une partie des voyageurs

qui préféraient allonger d'une heure le reste du trajet, pour le seul plaisir d'échanger l'air pesant et échauffé des tunnels contre la brise fraîche qui soufflait sur le lac.

La question, qui avait son importance, fut agitée dans le wagon des Darraudel.

D'abord l'idée d'allonger la route, fût-ce d'une heure, parut si désagréable à Mlle Eugénie, qu'elle s'écria qu'elle ne changerait pas de mode de locomotion pour un empire.

Puis, ayant mis pied à terre et ayant demandé à son beau-frère ce que c'était que le petit trou noir, percé en rond comme une vrille au pied de la montagne et ayant reçu la réponse stupéfiante que le train qui la portait allait s'engouffrer par là, que ce trou c'était la porte toujours ouverte du tunnel traversant de part en part cette montagne colossale qui interceptait le soleil en ce moment, elle se joignit à Alfred et à Camille qui suppliaient leur père de leur faire faire connaissance tout de suite avec le lac, et qui ne comprenaient pas son hésitation, dont il ne voulut pas leur dire la raison.

En descendant du wagon sombre, il avait été frappé de la pâleur étrange de son fils. Il s'était dit qu'il touchait à l'épuisement de ses forces physiques, et qu'allonger ce voyage, trop long déjà, serait une imprudence.

Il donna, d'un ton qui ne laissa plus aucun espoir à Mlle Eugénie, l'ordre de remonter en wagon, et le train, pareil à une taupe se glissant dans son terrier souterrain, disparut par la petite porte noire et emporta dans les entrailles de la montagne sa cargaison humaine.

Enfin on stoppa dans la gare de Lucerne. Il était temps pour Alfred, ses forces encore factices commençaient à l'abandonner. Il était temps pour tante Eugénie, dont la poudre de riz, mêlée à la poussière de charbon, zébrait le visage ahuri.

Camille, fraîche comme une rose, se chargea de la conduire vers le grand omnibus du Schweizerhof, le meilleur hôtel de Lucerne, dans lequel Alfred avait été quasi porté par son père.

La distribution des bagages fit pour un moment ressembler la gare de Lucerne à la tour de Babel par la confusion des langues.

On parlait allemand, français, anglais, italien. Pendant ce temps, l'omnibus traversait un des ponts jetés sur la Reuss et allait déposer ses voyageurs à la porte de l'hôtel, dont les innombrables fenêtres ouvraient sur un panorama sans rival.

Les jours qui suivirent furent forcément consacrés au repos et l'état d'Alfred inquiéta sa famille.

Il payait chèrement la vaillance avec laquelle il avait supporté les fatigues du voyage, et la crise de langueur qui le saisit aurait alarmé son père, si le médecin de Paris, avec lequel il entretenait une correspondance suivie, ne lui eût donné l'assurance qu'elle n'avait rien d'anormal et qu'elle formait une transition nécessaire. Il recommandait particulièrement de ne pas traiter le jeune homme en malade. Sa famille devait agir avec lui en cette occasion comme s'il s'agissait d'une indisposition sans conséquence. Il ne fallait jamais oublier qu'une souffrance morale était la principale cause du dépérissement physique et qu'il fallait soutenir le moral à tout prix.

En conséquence on arrangea des

excursions, des promenades absolument, comme si c'était un simple rhume qui retenait Alfred dans sa chambre. Chacun de ses trois compagnons restait tour à tour près de lui et les deux autres s'embarquaient le matin, pour revenir le soir.

La chambre d'Alfred, située au second étage, était placée juste en face d'un des principaux embarcadères et

le mouvement des élégants bateaux à vapeur constituait à lui seul un spectacle des plus distrayants.

Assis dans un fauteuil près de la fenêtre ouverte, les jambes enveloppées dans une couverture, sa jumelle à la main, il contemplait tour à tour le lac et les montagnes, et, intéressée par ce panorama mouvant, sa pensée prenait, comme pendant le voyage, une direction étrangère à ses préoccupations habituelles et il y avait comme une détente dans tout son être. Oublier sa sœur morte, c'était impossible; mais l'obsession causée par cette chère image, toujours présente, diminuait sensiblement.

Un jour, c'était le jour de garde de Camille, ils regardaient ensemble le groupe de passagers qui s'embarquaient pour Brunnen. Alfred distinguait sur le pont l'ombrelle noire et rouge de la petite tante Eugénie et la haute taille de M. Darraudel le faisait reconnaître de cette distance par sa fille.

« C'est amusant les promenades en bateau à vapeur, dit tout à coup Alfred; j'irai demain avec toi, si tu veux, Camille. »

Camille dissimula un mouvement de joie. Il était défendu de contrarier le malade; mais on devait employer tous les moyens persuasifs pour l'entraîner à faire de l'exercice. Il y avait des moments où il s'exagérait sa faiblesse, si bien qu'il ne rêvait que de s'étendre sur son lit, ce qui enrayait la guérison, affirmait le docteur.

« Mais, reprit-il en hésitant, je ne pourrai peut-être pas faire la traversée.

— Nous la choisirons courte, s'écria Camille; tu seras aussi bien sur le pont du vapeur que dans ton fauteuil.

— Et s'il faut marcher?

— Tu as bien marché pendant le voyage. »

Sans répondre il rejeta la couverture étendue sur ses genoux, se leva et se mit à arpenter sa chambre, puis, se laissant tomber tout essoufflé sur son fauteuil :

« Sitôt que je fais un pas, j'ai des fourmillements dans les jambes, dit-il.

— Parce que voilà huit jours que tu ne descends pas même pour les repas, Alfred; si tu marchais un peu, cela passerait, le docteur l'assure. »

Il secoua la tête et dit :

« Le docteur avait dit que l'air et le lait me donneraient des forces, et je suis plus faible.

— Tu crois cela? dit Camille; mais si tu voyais ta bonne mine! »

Elle tira vivement un petit objet de

sa poche, le lui plaça sous les yeux et ajouta en riant :

« Regarde-toi. »

Il se regarda en souriant aussi dans le petit miroir, qui lui renvoya son image avec deux nuages roses sur les joues.

— Oui; si je ne peux pas marcher, il me rapportera dans ses bras. »

Julien fut mandé, Camille se coiffa de son chapeau et l'ascenseur les descendit au rez-de-chaussée.

Là, on apporta au malade un grand

Le pont de la Chapelle à Lucerne.

« Si j'essayais une promenade aujourd'hui? dit-il tout à coup.

— Essayons, Alfred, essayons.

— Mais je ne pourrai pas descendre l'escalier, la tête me tournera.

— Nous prendrons l'ascenseur.

— Et où irons-nous?

— Où tu voudras.

— Le vieux pont que papa aime tant et où il va fumer son cigare est-il trop loin d'ici?

— Tout près, dit Camille, on le voit du balcon. Je vais appeler Julien.

bol de lait, qu'il but debout, et il sortit appuyé sur le bras de sa sœur. Il marchait lentement, trébuchant un peu, et puis son pas s'affermit et ils gagnèrent le vieux pont couvert jeté sur la Reuss, très profonde et très rapide en cet endroit.

Camille et Alfred l'arpentèrent, suivis par Julien.

Camille, qui étudiait avec son père l'histoire de la Suisse, donnait l'explication des peintures naïves qui ont résisté à l'action dissolvante du temps, puisqu'elles datent du xve siècle.

Alfred, très intéressé, ne faisait pas grâce d'une arcade.

Sur ce Capell-Brücke, pont de la Chapelle, bâti en bois, mais recouvert d'un toit en ardoises, sont peintes d'un côté l'histoire de saint Léger et celle de saint Maurice, patrons de la Suisse, et de l'autre les principaux événements de l'Helvétie. Des bancs placés aux encoignures permettentaux promeneurs de se reposer.

Il était dans les habitudes d'Alfred de ressentir de soudaines lassitudes qui l'obligeaient à s'asseoir. Ce jour-là il resta debout beaucoup plus longtemps et ne se plaignit pas. Après une longue halte, faite tout près de la vieille tour, dite de l'Eau, dont les fondements plongent dans la Reuss, ils retournèrent à pied à l'hôtel.

Alfred, qui s'appuyait sur le bras de sa sœur, s'arrêta sous la véranda vitrée qui abrite le perron.

« J'ai envie de faire une surprise à papa, dit-il. Cela m'ennuie de manger dans ma chambre; si je dînais à table d'hôte avec vous? »

Camille affirma qu'il n'y avait rien de plus distrayant; qu'il y avait des Anglais grands comme des mâts de navires, d'autres en culottes courtes et chaussés de gros bas de laine, des Américaines coiffées des plus drôles petits bonnets du monde; elle fit si bien qu'elle acheva de le persuader.

Ils restèrent dehors sous les caresses du soleil couchant, qui teignait de rose le sommet neigeux des montagnes derrière lesquelles il allait disparaître, dans l'atmosphère pure et rafraîchie par la brise légère qui soufflait du lac.

Il y avait tout un mouvement autour d'eux. Des voitures déposaient dans la cour les voyageurs qui avaient choisi les promenades dans les environs, les grands omnibus en amenaient de nouveaux de la gare, et les bateaux à vapeur déchargaient à leur tour aux embarcadères leur cargaison de touristes.

Ce fut, en effet, une douce surprise pour M. Darraudel quand, arrivant devant l'hôtel, traînant la petite tante Eugénie à son bras, il aperçut son fils dans un *rocking-chair* et causant avec animation. Dans son émotion, la bonne tante oublia tous les soins de coquetterie qui lui étaient habituels et s'en alla dîner son chapeau sur la tête.

Alfred mangea avec appétit et ne parla pas de regagner sa chambre après le dîner. Un très bon orchestre avait été installé dans l'un des salons et joua pour la famille Darraudel, les autres pensionnaires, tous étrangers, se souciant fort peu du concert donné à leur intention. Les hommes causaient sans quitter leur physionomie indifférente, les femmes lisaient les journaux, les jeunes filles feuilletaient des guides en dissimulant des bâillements. Cet étrange public amusait Camille, dont les plaisantes remarques stimulaient la gaieté d'Alfred.

Quant à la tante Eugénie, elle était prise d'accès de somnolence tout à fait singuliers. En causant elle s'endormait au milieu de sa phrase; elle ouvrait les yeux au moindre bruit, et son chapeau avait des oscillations en avant qui amusaient beaucoup Camille et Alfred.

Ce fut elle qui donna le signal de la retraite en aplatissant la touffe d'héliotropes placée à droite de sa capote sur l'épaule de M. Darraudel, qui se retourna et lui demanda en riant si elle le prenait pour un oreiller.

« Je ne dors pas, dit tante Eugénie gravement, mais la vue des montagnes m'a donné une sorte de petit vertige qui me trouble encore les idées.

— Et qui les endort », ajouta Camille.

La tante Eugénie ne répondit pas : elle avait de nouveau fermé les yeux et recommençait ses petits saluts.

Il sortit appuyé sur le bras de sa sœur.

« Je n'ai jamais vu dormir comme ma tante Eugénie, remarqua Alfred ; elle s'endort à propos de rien, et un rien la réveille.

— Elle a beaucoup veillé, dit M. Darraudel : c'est la veilleuse de la famille, et elle a pris l'habitude de ce sommeil nerveux qui vous étonne. »

Et il ajouta en se penchant vers sa belle-sœur :

« N'est-ce pas, Eugénie?

— Édouard, que voulez-vous? dit tante Eugénie, en ouvrant brusquement les yeux.

— Que nous remontions chez nous, ma chère; Alfred ne doit pas veiller.

— Certainement non », répondit Mlle Eugénie en se levant précipitamment.

Ils sortirent du salon et traversèrent le vestibule, encombré de petites tables sur lesquelles fumait le café.

« Alfred, donne le bras à tante Eugénie, dit Camille : le vertige des montagnes pourrait la reprendre dans l'escalier. »

Elle prit le bras de son père, et ils montèrent, ainsi causant et riant, jusqu'à leur étage.

On échangea sur le palier les souhaits de bonne nuit; mais il fallut que Mlle Eugénie allât s'assurer de la position des oreillers sur le lit d'Alfred.

Camille entraîna vivement son père quelques pas plus loin.

« Papa, murmura-t-elle, quelle journée, n'est-ce pas?

— Très bonne, ma fille, il me semble.

— Père, il se guérit tout à fait : il n'a pas prononcé une fois le nom de Geneviève.

— De mieux en mieux; la crise est passée, je l'espère; aussi nous quitterons Lucerne après-demain.

— Pourquoi?

— Parce que le docteur m'écrit qu'il faut la montagne, pour l'air et les exercices à pied. Ici il ne marchera jamais suffisamment. Si le mieux continue, je louerai un chalet à la station de Gersau; cela vaudra mieux de toutes façons que cet hôtel peuplé d'étrangers. »

En ce moment Mlle Eugénie arrivait.

« Je viens de le draper, dit-elle, je ne lui ai jamais vu si bonne mine; il dort déjà. Édouard, marchez bien doucement dans votre chambre, car il est comme moi, il a le sommeil très léger.

— Et nous tâcherons de lui donner aussi le vertige des montagnes », dit M. Darraudel en souriant.

Il embrassa tendrement sa fille, et les portes se refermèrent.

IV

Tante Eugénie hait les montagnes. — Le guide. — Le Chalet Rouge.

Le lendemain, Alfred fut plus matinal qu'il ne l'avait jamais été. Il ne prit pas sa place de malade contre le balcon et témoigna le désir d'aller voir le Lion, cette belle sculpture décorative que Camille admirait beaucoup, et aussi le Jardin des Glaciers, qui intéressait particulièrement son père, géologue très distingué.

Le monument du Lion est dans Lucerne même, à la porte de Weggis. Dans un des magasins qui l'avoisinent, tante Eugénie acheta une canne de montagne et en fit présent à Alfred, sa démarche lui paraissant un peu chancelante.

Le Lion de Lucerne.

Du reste, dans l'enclos verdoyant au fond duquel se dresse l'immense roche plate coupée à pic où est creusée la grotte, se trouvent des bancs commodes, d'où l'on peut à loisir admirer l'œuvre d'Ahorn et du grand sculpteur Thorwaldsen.

« Quelle fraîcheur ici, dit Alfred, et que ce lion couché est beau ! Je reviendrai souvent, et toi, Camille? »

Camille répondit affirmativement. Ce petit espace abrité à la fois par le grand rocher et par les arbres dont les racines plongent dedans, ombragé par des sapins magnifiques, rafraîchi par les filets d'eau qui roulent comme des perles sur la surface unie de la roche et tombent en gazouillant dans le bassin, est un des plus jolis lieux de repos que l'on puisse rêver. Ce jour-là, on ne put s'y arrêter longtemps.

M. Darraudel, voyant son fils en disposition de s'intéresser à la conversation, se hâta de le conduire au Jardin des Glaciers. La petite leçon de géologie qu'il donna à ses enfants sur ces entonnoirs creusés dans le roc à dix mètres de profondeur, fut écoutée avec attention par Camille et par Alfred.

Quant à tante Eugénie, elle ne trouvait rien d'intéressant dans ce trou, où semblait avoir roulé pendant des siècles le caillou qui s'y voyait encore. Si le pittoresque n'était pas son fait, la science l'était moins encore, et, se figurant que la leçon durerait un certain temps, elle tira de sa poche le crochet qui ne la quittait guère, et commença son travail, interrompu par de légers sommes.

Alfred déclara qu'il avait pris goût à

la promenade et qu'il se résignerait le lendemain à essayer du bateau à vapeur, dont il suivait les évolutions avec un œil d'envie.

Le lendemain, en effet, le jeune homme, qui avait dormi plusieurs heures d'un bon sommeil, se leva de bonne heure et alla attendre son père sur le balcon. Les effluves de santé qui le ranimaient, lui donnaient soudain la force d'admirer le panorama qu'il avait sous les yeux.

Quel regard peut se lasser d'admirer ces pics altiers, qui sont les réserves providentielles d'où s'échappent les ruisseaux qui jaillissent en sources intarissables des glaciers !

Ce jour-là, le Pilate avait une écharpe de noires vapeurs qui semblait vouloir l'envelopper jusqu'à son sommet. Mais, au delà de ce cercle noir, brillaient sous un soleil étincelant les pics neigeux se détachant sur un ciel bleu.

« Il fera beau, papa, il fera beau ! s'écria-t-il en voyant entrer son père, le Pilate n'a pas mis son chapeau.

— Tu ne crains pas cette promenade !

— Oh non ! je me sens beaucoup plus fort. »

Ils partirent, malgré les observations de tante Eugénie, qui fut inquiète et nerveuse toute la journée.

Le soir, elle entraîna Camille au-devant du bateau à vapeur, qui stoppa à l'escale de la gare, et, à sa grande joie, elle vit Alfred accourir le premier au-devant d'elle. Alfred leur annonça que son père avait loué un chalet à Gersau, ce qui le rendait très heureux. En retournant à l'hôtel, il avoua à sa sœur qu'il s'était toujours ennuyé dans ce vaste bâtiment, en ce superbe caravansérail peuplé d'égoïstes étrangers qui ne parlaient pas sa langue et dont l'indifférence le glaçait.

En effet, il y avait là plus d'un garçonnet de son âge, et aucun d'eux ne lui avait témoigné la moindre sympathie et ne l'avait engagé à partager ses jeux.

Au moins, dans la montagne il vivrait en famille, il sortirait à toute heure du jour, il s'adonnerait à la gymnastique dans les sapins, il ferait marcher de petits moulins de son invention sur les torrents, il naviguerait en bateau sur le lac. Les sapins, les torrents et les petits bateaux étaient devenus son rêve. Sur les *steamboats*, le bruit de la machine à vapeur agaçait ses nerfs, les trépidations lui fatiguaient les membres.

Il aida au déménagement, et l'on put constater, après cette crise, qu'un véritable mieux se faisait pressentir.

Les voyageurs quittèrent Lucerne à

dix heures du matin, par un temps radieux. Abrité sous la tente de coutil qui couvrait tout l'arrière du bateau, pure charmante, qui se fondait et se renouvelait comme brodée par des mains mystérieuses.

Le Jardin des Glaciers à Lucerne.

Alfred s'amusait à regarder le bouillonnement de l'eau verte, qui devenait de la neige liquide sous les palettes peintes en rouge. Cette neige s'allongeait le long des flancs du steamer en une gui-

Pendant qu'Alfred s'amusait à regarder les jeux de la lumière dans l'eau, Camille, assise auprès de son père, lisait par-dessus son épaule une description de ce beau lac dont, au sortir de

Lucerne, le Pilate et le Righi sont, à droite et à gauche, les formidables sentinelles.

Tante Eugénie, un œil sur Alfred, un autre sur l'ouvrage au crochet, qui était sa distraction du moment, regrettait *in petto* le confortable hôtel de Lucerne et se demandait comment elle s'accommoderait d'une maison toute en bois perchée dans une montagne. Les montagnes angoissaient de plus en plus la tante Eugénie. Ces masses imposantes étaient trop grandes pour son regard, et elle aurait donné le Righi et ses levers de soleil, le Pilate au front nuageux, le Titlis, dont le sommet blanc se teintait de rose au couchant, les Mythen aux pics aigus et aux flancs déchirés, pour le jardin aux allées bien ratissées, planté d'arbustes rabougris, orné de blocs bien lisses, simulant les rochers, et d'un bassin surmonté d'un Neptune en fonte, et dans lequel s'arrondissait un gros tilleul sous lequel elle faisait le bésigue de son cousin Auguste.

Avoir fait volontairement cet échange témoignait de la somme de dévouement que contenait son cœur. Seulement, il faut le dire, elle n'avait jamais pensé à ce que pouvaient être ces montagnes elles-mêmes. Maintenant le vin était tiré, il fallait le boire, et elle le buvait le plus courageusement possible.

Ce qui la consolait, c'était la perspective d'un déménagement nouveau. Il y avait tant à ranger tant à ordonner, qu'elle oublierait en ces soins domestiques la sauvagerie du lieu et son étrange configuration.

Quand le bateau stoppa à Gersau, commencèrent les embarras et s'éveillèrent ses sollicitudes. Le chalet, situé à mi-mont, n'était pas d'un accès facile pour les gens qui n'avaient pas le pied montagnard, et encore moins pour les colis.

Tante Eugénie déclara qu'elle en perdrait la tête; mais, l'heure pressant, M. Darraudel ne la laissa pas se noyer dans les détails et l'engagea à monter au chalet avec les enfants, sous la conduite d'un guide, qu'il choisit au hasard parmi les petits flaneurs en blouse bleue qui séjournaient volontiers autour de l'embarcadère pour voir arriver et partir les *steamboats*.

Celui-ci était un frêle garçonnet de douze ans, aux cheveux blonds coupés ras, aux yeux d'un vert qui rappelait la couleur du lac à certaines heures du jour.

De sa culotte courte et large, rapiécée un peu partout, sortaient des jambes fines et bien tournées et de petits pieds bruns chaussés de galoches; un bonnet de laine à deux pointes était crânement enfoncé sur son oreille droite.

« Comment t'appelles-tu? lui demanda Alfred.

— Arnold.

— Parles-tu français?

— Oui, un peu.

— Où demeures-tu? »

L'enfant leva la main vers la montagne.

« Bien haut?

— Oui.

— Plus haut que chez nous? »

L'enfant eut un sourire.

« Oh oui!

— Dans les étoiles, alors, dit tante Eugénie. Voit-on notre chalet d'ici, mon petit?

— Le Chalet Rouge, madame?

— Rouge ou noir, le chalet où nous allons demeurer. »

Et tante Eugénie poussa un gros soupir.

« On le voit après le premier pont, madame.

— Ah! il y a aussi des ponts à traverser, et quels ponts! M. Darraudel

Le Pilate.

a une bien étrange idée de nous percher en cet endroit. Mon Dieu, Camille, n'a-t-on pas oublié ma pharmacie?

— Elle est dans la caisse plate, tante, je l'ai placée moi-même.

— C'eût été un oubli irréparable. Eh bien, ces enfants sont bien pressés de monter. Nous n'attendons pas ton père, ni Julien? Saurons-nous gravir ce sentier? Heureusement que j'ai pensé à cette canne pour Alfred. Donne-moi ton bras, Camille, j'aurai le vertige sur les ponts, c'est certain. »

Camille lui offrit le bras, et elles suivirent le guide et Alfred, qui montaient un sentier bordé de cerisiers en fleur. Sur la route, les petits enfants accouraient et donnaient gentiment la main à Camille, qui recevait gracieusement cette caresse désintéressée, puisque les petits se sauvaient aussitôt.

Le sentier tourna tout à coup et remonta en zigzags le long du lit desséché d'un torrent. Au fond se glissait péniblement entre les pierres grises un filet d'eau qui servait d'abreuvoir aux chèvres.

Ce ne fut pas sans se faire prier un peu que tante Eugénie traversa le pont en bois jeté sur ce torrent sans eau. Le bois lui paraissait vermoulu, et le garde-fou ridiculement clair et bas. Elle s'y risqua en fermant les yeux, tenant le bras de Camille et s'appuyant sur la canne qu'Alfred était venu obligeamment lui proposer.

Elle ouvrit les yeux en entendant la voix d'Alfred, qui s'écriait : « Oh! le beau chalet! oh! les beaux arbres! »

Un peu au-dessus d'eux, sur un large plateau à gauche du torrent, s'élevait un chalet au toit en accent circonflexe, bariolé de rouge, aux innombrables petites fenêtres et entouré de superbes poiriers qui lui formaient une niche de neige odorante.

Au delà des poiriers, s'élançaient d'un seul jet de superbes mélèzes, dont le feuillage montait comme un nuage sombre jusqu'à l'extrémité de la cime alpestre.

« Notre chalet est bien joli, ne trouvez-vous pas, ma tante? dit Camille, pressant involontairement le pas pour suivre Alfred qui se hâtait.

— Je n'aime pas, en général, les maisons en bois, ma chère enfant, et celle-ci me paraît affreusement isolée. Peu de voisins, pas de chemins. Édouard s'est trop pressé dans son choix. Ne marche pas si vite, j'arriverai assez tôt. Cette femme est la gardienne, sans doute notre cuisinière. J'espère qu'elle n'ignore pas la cuisine française. Et cet homme, c'est son mari, sans doute. Pourvu qu'ils ne parlent pas allemand. »

Une femme d'un extérieur avenant, suivie par un homme encore jeune, en classique tablier vert, s'avançait au-devant des deux dames, et elle prononça en mauvais allemand des paroles de bienvenue.

« Ma bonne. si vous ne parlez pas français, il est inutile de m'adresser la parole », dit tante Eugénie avec une grimace. Et s'adressant à Camille, elle ajouta :

« Comment m'y prendrai-je pour lui donner mes ordres?

— Papa et Alfred nous serviront d'interprètes, ma tante, répondit Camille.

— Et moi aussi, mademoiselle, dit l'homme en s'avançant.

— Ah! vous du moins vous parlez français, dit Mlle Eugénie, c'est quelque chose. Mais pourquoi n'êtes-vous point allé au-devant de M. Darraudel.

— Madame, on m'avait seulement dit d'envoyer le chariot. »

Mlle Eugénie regardait Camille.

« Si nous envoyions cet homme au-devant de ton père? dit-elle. Le sentier est bien raide, et un seul faux pas peut jeter dans le torrent.

— Papa n'aime pas qu'on change sans motif sérieux quelque chose aux ordres qu'il a donnés, répondit Camille, et vous exagérez le danger, ma tante.... Mais qu'est-ce que cette pluie de fleurs? d'où vient-elle?

— Du vent qui s'élève, sans doute, dit tante Eugénie; il y a, dit-on, des tempêtes affreuses dans les montagnes. Rentrons. Où est Alfred? »

Une pluie de pétales blancs et un vibrant éclat de rire lui répondirent. Alfred, à cheval sur la première branche du poirier voisin, provoquait par des secousses cette tombée de fleurs dont Arnold recevait philosophiquement la première ondée.

« Descends, descends! cria tante Eugénie, cette gymnastique imprudente épuisera tes forces. »

Alfred se laissa tomber à terre, et dit :

« Vous ne donnez rien à notre guide, ma tante? »

Tante Eugénie ouvrit son porte-monnaie, et Alfred y prit une pièce blanche et courut la porter au petit d'argent, et il ôta gentiment son bonnet pour prendre congé.

Ces dames étaient entrées dans le

Un peu au-dessus d'eux s'élevait un chalet.

Arnold, qui s'en allait sans rien attendre.

« Voilà pour ta peine, dit-il ; j'irai te voir dans ton chalet. »

Cette promesse parut faire autant de plaisir au petit garçon que la pièce salon du chalet, qui était un appartement très gai, d'où l'on apercevait le lac ; puis Mlle Eugénie, ordonnant à Alfred de s'asseoir paisiblement en attendant son père et le dîner, s'en alla faire une visite domiciliaire.

Bientôt on entendit rouler sur le chemin caillouteux le chariot qui apportait les colis; M. Darraudel et son domestique le suivaient.

Plongée dans le déballage nécessaire, tante Eugénie ne songea pas à se plaindre, et quand l'heure de se retrouver à table sonna, la figure épanouie de ses trois compagnons lui imposa silence. On dîna gaîment, et la soirée se passa sous les cerisiers en fleur qui embaumaient l'air.

Tante Eugénie avait encore quelques frissons et jetait des coups d'œil sournois vers les grands mélèzes. Mais le babil d'Alfred lui caressait les oreilles, et quand il l'embrassa en déclarant qu'il tombait de sommeil, elle ne put s'empêcher de dire que le séjour en pleine montagne, si étrange qu'il fût, conviendrait peut-être à son rétablissement.

« Ma sœur, nous le guérirons, croyez-le bien, dit M. Darraudel; la nature est un grand médecin.

— J'aime mieux un vrai docteur en chair et en os, murmura tante Eugénie; mais mes raisonnements ne valent pas les vôtres sans doute, mon cher Édouard. »

Et sur cette parole, humble et résignée, elle laissa le père et la fille savourer à leur manière les charmes d'une belle nuit d'été.

V

L'aubade matinale. — Première ascension.

Alfred, accablé par une saine fatigue, s'était couché de si bonne heure, qu'il ne pouvait manquer d'être sur pied de très grand matin le lendemain. Et comme il s'éveillait dans sa jolie chambre brillamment ensoleillée, un tintement argentin, qui était toute une musique, le fit courir à sa fenêtre, qui donnait sur la cour de la ferme, dont les bâtiments s'élevaient à l'extrémité du petit plateau.

Une porte venait de s'ouvrir sous la main d'une bergère, et six belles vaches au poil gris et luisant défilaient devant elle et allaient se ranger paisiblement devant une haute barrière, où elles furent attachées par le licou jeté autour de leurs cornes bien tournées et bien transparentes. Cela fait, la bergère ouvrit un grillage en bois, et quatre véhicules, tels qu'Alfred n'en avait jamais vu, entrèrent à la file. Sur deux roues s'appuyait une planche épaisse et large qui supportait deux tonneaux plats en bois de frêne, cerclés en fer. Ils étaient placés debout et avaient pour couvercle une planche à manche épais. A deux de ces chariots étaient attelés des chevaux; les deux autres, dont les tonnelets étaient moins larges, se traînaient à bras. Ils se rangèrent en bon ordre derrière les belles vaches qui leur jetaient des coups d'œil sournois, et l'un des conducteurs porta à ses lèvres une trompe faite avec une corne. Au premier appel, trois Suissesses, coiffées du petit chapeau de paille fané, accoururent une jatte d'une main, un tabouret rustique de l'autre, et la traite commença. Chacune d'elles versait le contenu de la jatte dans le barillet qui lui était indiqué par le maître de la ferme, lequel était venu assister à l'opération et qui inscrivait sur un calepin les chiffres du mesurage. Quand les tonneaux furent remplis, il se fit un échange de monnaie, et les chariots, reprenant le chemin par lequel ils étaient venus, s'en allèrent vendre au détail le lait savoureux aux hôtels et aux maisons de Gersau.

Alfred aperçut tout à coup un nouveau personnage qui faisait son entrée dans la cour. C'était tante Eugénie, en robe de chambre, la tête et la taille enveloppées dans un châle de laine.

« N'emmenez pas les vaches, cria-t-elle, il faut du lait pour mon neveu. »

Tante Eugénie tira un grand bol de dessous son châle et revint le tenant à deux mains, tandis que les vaches s'en allaient vers les pâturages, suivies par la fillette aux cheveux finement tressés qui était chargée de leur garde.

On frappa à la porte d'Alfred.

« Entrez, chère tante, dit-il en allant ouvrir la porte, vous n'avez pas oublié mon remède ce matin.

— Je me doutais que Julien oublierait d'aller chercher ce lait, ce qui n'est point encore dans ses habitudes, répondit tante Eugénie en marchant à pas comptés dans la chambre pour ne pas laisser tomber une goutte du précieux breuvage, et ces vaches sont d'un matinal! Mais tu devrais être couché, Alfred.

— Pourquoi, ma tante?

— On a dit de te servir ce lait nouvellement trait dans ton lit.

— Il sera bon quand même », dit-il en riant. Et prenant le bol à deux mains, il le vida d'un trait.

« Est-il aussi bon qu'à Lucerne? demanda tante Eugénie avec l'arrière-pensée de reprendre sa petite guerre contre le chalet.

— Il est bien meilleur, ma tante, c'est une crème. Est-ce que Camille ne suivra pas mon traitement?

— Si! oh si! je vais mettre tout le monde au lait. Au moins que nous trouvions quelque avantage à venir habiter dans ce désert, plein de loups sans doute.

— Je n'ai pas entendu le moindre hurlement cette nuit. Et vous, ma tante?

— Moi, j'entends toutes sortes de bruits, que je trouve sauvages: mais nous y sommes, il faut y rester. Eh bien, Camille, à quoi rêves-tu de sortir ce matin? »

Camille, qui avait frappé plusieurs fois, mais inutilement, montrait à la porte entr'ouverte son frais visage.

« Ma tante, dit-elle après l'avoir embrassée, nous allons nous promener par la montagne, Alfred et moi, papa l'a permis.

— Avec Julien?

— Sans Julien; nous sommes assez grands pour nous promener seuls.

— Mais vous ne savez pas ce que vous allez trouver en ce drôle de pays. D'abord il y a les torrents.

— Ils sont à sec, s'écria Alfred, qui était allé chercher son chapeau.

— Il serait bien dangereux d'y tomber quand même. Attendez au moins que votre père soit prêt à vous accompagner.

— Papa a été très fatigué de la journée d'hier et il s'est endormi, dit Camille.

— Vous eussiez bien dû faire comme lui. Alfred doit boire son premier bol de lait au lit.

— Demain nous verrons, dit Alfred, non sans impatience; aujourd'hui je suis en train, laissez-moi aller me promener, ma tante.

— Il le faut bien. Alfred, ne t'échauffe pas trop, et si vous trouvez des bêtes : des ours, des loups, des vaches....

— Si je rencontre un ours, dit Alfred, je m'élance à cheval dessus, pour qu'il ne me croque pas. A bientôt, tante. Viens-tu, Camille? »

Ils partirent, laissant la petite tante Eugénie toute perplexe.

« J'aurais dû offrir de les accompagner, murmura-t-elle; si je les rappelais.... Je ne comprends pas Édouard de donner tant de liberté à ce pauvre Alfred, qui est encore pâle comme un linge. »

Elle s'approcha de la fenêtre dans l'intention de les rappeler; mais ils marchaient vite et se trouvaient déjà hors de la portée de sa faible voix.

Camille et Alfred continuaient gaîment leur ascension. Bientôt le sentier devint plus abrupt, le lit du torrent plus profond, le silence solennel. Les mélèzes s'élançaient droits comme des piliers, et dessous croissait une herbe fine et mêlée de mousses, semée de magnifiques boutons d'or.

« Faisons une halte, dit tout à coup Camille, je n'en peux plus. »

Elle se laissa tomber sur l'herbe, et Alfred s'assit auprès d'elle.

« Si tu veux, nous allons lire l'histoire de Gersau, reprit-elle; papa m'a permis de prendre son livre.

— Lisons, dit Alfred; on est bien ici pour lire. »

En ce moment ses joues avaient un incarnat presque aussi vif que celui qui colorait les joues de sa sœur; il respirait largement cet air léger saturé d'odeurs balsamiques, et tout son être semblait se dilater.

« Prenons-nous Gersau seulement? dit Camille.

— Nous commencerons par le commencement; lisons tout », dit Alfred.

Il ajouta, en passant la main dans ses cheveux :

« Je me sens la tête si rafraîchie ce matin, que lire me fera plaisir. Laisse-moi commencer, Camille. »

Camille lui tendit le livre en souriant, et, s'appuyant contre le tronc d'un mélèze, elle écouta la lecture, qu'Alfred commença d'une voix un peu traînante, mais qui s'affermit bientôt quand le sujet lui parut empoignant.

L'histoire étrange de ce petit coin de terre où ils se trouvaient était faite pour intéresser un jeune esprit qui se réveillait en quelque sorte à la vie intelligente.

Gersau avait jusqu'en 1817, et malgré les vicissitudes des temps les plus troublés, conservé son autonomie et son indépendance. Aujourd'hui il fait partie du canton de Schwyz et s'en trouve bien. Abrité contre les vents froids par les deux Mythen au pied desquelles se blottit Schwyz, Gersau est devenu une des stations helvétiques les plus recommandées aux malades.

Après avoir lu d'un trait les pages où étaient relatés les hauts faits des habitants de l'ancien Gersau, Alfred se disposait à reprendre l'histoire générale de la Suisse ; Camille aux premiers mots l'interrompit :

« Alfred, tu as la voix enrouée, donne-moi le livre, c'est à mon tour », dit-elle.

Alfred cueillit une feuille, et, la plaçant comme signet :

Elle écouta la lecture.

« Restons-en, dit-il, à la bataille de Granson ; je lirai moi-même demain. Je la trouve très belle, cette histoire suisse. Quel héros que Winkelried !

— J'aime mieux nos histoires de chevalerie, dit Camille avec un petit mouvement dédaigneux des lèvres.

— Eh bien, moi, je ne savais pas qu'il y eût tant de bravoure et tant de dignité chez les fabricants de fromage, et je les trouve très pittoresques, armés de leurs longues piques et sonnant leur marche de guerre dans les cornes d'Uri. Je vais bien me soigner, Camille; je m'abreuverai de lait, afin que papa nous fasse un peu voir les lieux historiques de la Suisse.

— Nous avons déjà vu, en allant à Fluelen, la chapelle de Guillaume Tell.

— Je ne l'ai pas vue, moi. Guillaume Tell! mais c'est une véritable épopée que son histoire.

— Je l'aime beaucoup, chantée par Rossini.

— Les femmes, dit Alfred, dédaigneux à son tour, elles aiment mieux entendre une ouverture d'opéra que de visiter la prairie de Rutli, où les trois Suisses firent le serment de délivrer leur patrie du joug étranger.

— L'un n'empêche pas l'autre, dit Camille; mais n'est-ce pas notre petit guide d'hier qui vient là-bas?

— C'est lui », s'écria Alfred en se levant. Et il cria : « Arnold, Arnold! »

Entre les troncs des mélèzes, un peu au-dessus d'eux, passait Arnold, coiffé de sa petite casquette à deux pointes. Il s'arrêta et sourit au frère et à la sœur qui marchaient vers lui.

Et quand ils le rejoignirent, il offrit à Camille un joli bouquet de fleurs bleues qu'il tenait dans sa main droite.

« Arnold, où vas-tu? demanda Alfred.

— Chercher notre vache, dit Arnold.

— Où est-elle? »

L'enfant étendit la main en avant.

« Auprès du petit torrent, celui où les arbres coulent.

— Entends-tu, Camille? dit Alfred en se détournant vers sa sœur.

— J'entends, mais je ne comprends pas.

— Venez voir, dit Arnold avec son fin sourire, venez voir.

— Allons, dit Alfred, je suis bien aise de voir ce drôle de torrent et aussi de faire connaissance avec ta vache, Arnold. »

Il marcha en avant aux côtés du petit Suisse d'un pas si élastique et si léger, que sa sœur s'arrêta un moment comme pour mieux jouir de cette vue.

Puis elle tira de sa poche un mignon portefeuille dans l'intérieur duquel se trouvait un portrait photographique, et, baisant le joli visage qu'il représentait et qui ressemblait à Alfred d'une manière saisissante, elle murmura :

« Il ne t'oublie pas, Geneviève, mais il se guérit, prie pour nous. »

Elle ferma précipitamment le portefeuille en voyant Alfred qui revenait sur ses pas en criant :

« Ne reste pas en arrière, Camille; si tu nous perdais de vue, tu pourrais t'égarer. »

Elle agita l'ombrelle qu'elle tenait à la main et courut les rejoindre.

Après mille et un détours faits dans cette montagne dont Arnold connaissait tous les sentiers, ils se trouvèrent sur les bords d'un étroit torrent ou plutôt d'une crevasse profonde, creusée aux flancs de la montagne, qui était à pic en cet endroit.

L'hiver, l'eau la remplissait et coulait avec la rapidité d'une chute d'eau; pour le moment, elle servait de déversoir à des milliers d'arbres dépouillés de leurs branches, de leurs racines et de leur écorce.

Ils étaient là comme une coulée de bois, retenus par un épais barrage. Arnold, qui parlait beaucoup par gestes, fit un mouvement signifiant qu'on ôtait ce barrage, et que les arbres coulaient jusqu'au lac, dont on entrevoyait l'eau comme au fond d'un abîme. Et répondant aux questions d'Alfred, il expliqua que son père était employé là-haut, là-haut, à abattre ces beaux arbres, qui croissaient pressés comme des épis dans un champ de blé.

Comme il donnait ce dernier renseignement, la musique argentine d'une clochette retentit et une vache grise se montra entre les mélèzes. La corde passée autour de ses cornes aboutissait aux mains de trois enfants, dont l'aîné n'avait guère que sept ans. Le plus jeune, qui marchait à peine, tenait ferme néanmoins le bout de chanvre dans ses mains potelées.

Arnold sauta sur la corde, ce qui fit culbuter dans la mousse le petit attelage.

« Wilhelm, dit-il d'un ton de commandement, on vous a défendu de mettre la corde à Mythen, quand Heinrich ou moi ne sommes pas là.

— Elle descendait la montagne, elle voulait toujours descendre, répondit Wilhelm, qui s'était bien vite replacé sur ses pieds.

— Eh bien, il ne fallait pas la suivre, car elle aurait pu vous jeter tous dans le torrent. Laissez-la retourner au chalet, elle sait bien son chemin, allez. »

Il cingla les flancs de la petite vache avec la corde qu'il tenait à la main, ce qui la fit rebrousser chemin.

« Allez à présent après elle, dit-il, mais ne lui mettez pas le licou. Et vous, Nicolas, restez avec moi. »

Les petits suivirent sans mot dire son commandement et s'en allèrent sur les pas de la vache qui remontait le sentier. Nicolas, le tout petit, vint prendre la main d'Arnold, qui le plaça sur son bras.

« Mes petits frères gardent notre vache, dit-il, mais ils veulent toujours la conduire et elle pourrait bien les jeter dans le torrent.

— Et vous aussi Arnold, dit Camille en riant.

— Oh! moi, elle me connaît, répondit-il, et quand je la conduis, j'ai une bonne gaule à la main.

— Où vas-tu maintenant? demanda Alfred.

— Aider ma mère à faire la litière de Mythen. On l'appelle comme cela, du nom de son pays.

— Ton chalet est-il loin d'ici?

— Là-haut, là-haut.

— Viens-tu, Camille? dit Alfred.

— Et le déjeuner! dit Camille. Ce sera pour une autre fois. Nous irons te voir, Arnold, je te le promets. Viens-tu souvent à Gersau?

— Tous les jours porter du lait.

— Eh bien, apporte-moi tous les jours un bouquet de ces jolies fleurs bleues, je les mettrai dans le grand vase du salon. »

Arnold inclina la tête en souriant et s'éloigna avec son lourd fardeau.

« Retrouverons-nous, notre chemin? dit Camille, non sans appréhension. Si nous le rappelions.

— Non, non, je me charge du retour. Nous n'avons plus qu'à descendre, rien qu'à descendre. Viens. »

Ils se prirent la main, et leur retour

ne fut qu'une longue glissade qui les amusa beaucoup.

Tante Eugénie, une lorgnette à la main, les cherchait vainement dans les sentiers de la montagne, quand leurs voix se firent entendre sous sa fenêtre.

« Tante Eugénie, regardez à vos pieds et non dans les nuages, s'écria Camille.

— Tante Eugénie, nous n'avons pas

été dévorés, ajouta Alfred; cette montagne est absurde, pas l'ombre d'une bête féroce. »

Leur joyeuse humeur et l'appétit dont ils firent montre opérèrent une détente dans l'esprit craintif de la tante Eugénie et, de ce jour, ses craintes, sinon ses préjugés contre la montagne, s'évanouirent.

VI

Le marchand de bouquets.
Alfred professeur. — L'ascension.

Plusieurs jours se passèrent avant que Camille et Alfred pussent tenir la promesse qu'ils avaient faite au gentil petit Arnold. Celui-ci arrivait tous les matins, un gros bouquet d'une main, son vase plein de lait de l'autre, et il fallait user de finesse pour lui faire accepter la pièce de monnaie que Camille lui destinait.

Un jour qu'il avait refusé net de prendre de l'argent en échange du bouquet, disant qu'il ne vendait pas les fleurs, M. Darraudel, qui assistait au débat, le fit entrer dans son cabinet de travail. Le petit garçon ouvrit de grands yeux devant les cartes appendues au mur, sur lesquelles les montagnes se profilaient en relief.

« Tu les reconnais? » dit en souriant M. Darraudel.

L'enfant leva son petit doigt et les nomma une à une.

M. Darraudel s'assit devant une table et consulta un vieux livre ouvert devant lui.

« Comment t'appelles-tu? demanda-t-il.

— Arnold.

— Je le sais bien; mais ton nom de famille?

— Arnold Wergarten.

— C'est bien cela, dit l'ingénieur. Et tu habites le chalet tout près du sommet de la montagne?

— Oui, monsieur; c'est le plus vieux chalet du pays.

— Et à qui appartient-il?

— A mon grand-père.

— Il s'appelle?

— Wilhelm Wergarten.

— C'est bien cela, reprit encore l'ingénieur. Sais-tu lire, Arnold?

— Oui, monsieur; mais il y a tant d'ouvrage chez nous que je ne suis pas allé longtemps à l'école.

— Veux-tu apprendre à bien prononcer et à écrire le français? »

Les yeux bleus du petit garçon étincelèrent.

« Oui, monsieur », répondit-il.

M. Darraudel éleva la voix et appela : « Alfred! »

Son fils entra.

« T'intéresses-tu toujours aux Suisses indépendants ? lui demanda son père en souriant.

— Plus que jamais, papa, depuis notre visite à Schwyz.

— Eh bien, je puis te faire connaître un de leurs derniers descendants, si tu le désires.

— Je le désire beaucoup. »

M. Darraudel montra Arnold du geste.

« En voilà un, dit-il.

— Le petit marchand de lait et de fleurs ! s'écria Alfred.

— Lui-même. Et il n'a pas dérogé, car ces montagnards, si fiers et si jaloux de leur indépendance, n'étaient que des pâtres, et la tête de vache figurait dans leurs armoiries.

— Et vous êtes sûr qu'Arnold descend de ces ancêtres-là ?

— Très sûr ; il habite encore le chalet où demeuraient ses pères. »

Il se tourna vers Arnold et dit :

« Il est très vieux, ton chalet, n'est-ce pas ?

— Oui, monsieur, le plus vieux de la montagne, et solide quand même, ajouta-t-il avec un fier mouvement de tête.

— Je n'en doute pas, mon petit : nous irons voir cela un de ces jours ; mais, en attendant, je désire m'occuper de toi.... Veux-tu rendre un grand service à ce descendant de braves gens, Alfred ?

— Oui, papa, répondit Alfred en portant machinalement la main à son gousset.

— Il ne s'agit pas d'argent, il s'agit de bien mieux. Écoute. »

Alfred se rapprocha de lui.

« Cet enfant est très intelligent, reprit M. Darraudel, il est l'aîné d'une très nombreuse famille, le père seul gagne quelque argent au métier souvent dangereux d'abatteur d'arbres. En lui apprenant à mieux parler le français et à l'écrire, on le mettrait à même de se tirer d'affaire plus tard. »

Alfred remit la main à son gousset.

« Je suis prêt à payer ses mois d'école, dit-il.

— Il ne peut être question d'école, il n'est jamais libre aux heures réglementaires. Mais il me semble que rien ne te serait plus facile que de lui donner une leçon lorsqu'il vient apporter ses fleurs. Je m'entendrais avec les parents, et Camille et toi feriez cette bonne œuvre.

— Oui, père, oui ! s'écria Alfred : je suis prêt. »

M. Darraudel sourit et dit tout haut, en s'adressant à Arnold :

« Mon fils sera ton professeur. »

Arnold rougit de plaisir, et, tordant

son petit bonnet entre ses doigts, il dit :

« De chiffre aussi, monsieur ? »

M. Darraudel regarda son fils en riant.

« Voilà le Suisse moderne, dit-il en riant ; du chiffre, c'est-à-dire commerce. »

Et il ajouta avec sa bonté parfaite :

« Oui, mon enfant, de chiffre aussi.

Emmène-le, Alfred, et prends tes arrangements avec Camille.

« Je ferai venir le matériel nécessaire, afin que l'œuvre marche vite. »

Il congédia du geste les deux enfants, qui quittèrent le cabinet en causant avec animation.

Quand la porte se fut refermée derrière eux, l'ingénieur prit une lettre posée ouverte sur son bureau, la parcourut des yeux et murmura à demi-voix la dernière phrase ?

« Pour qu'il ne se dégoûte pas des exercices purement physiques, les entremêler d'un travail intellectuel intéressant, mais n'amenant aucune étude proprement dite. »

Il déchira la lettre et en jeta les morceaux dans une corbeille, en disant :

« C est fait. »

Et c'était fait. Alfred avait communiqué à sa sœur le zèle qui l'enflammait. Tout à coup, et sur l'heure, ils avaient pris le premier papier venu et avaient initié Arnold aux premières difficultés de l'écriture française.

Tante Eugénie, qui était accourue au son de leurs voix, n'avait d'abord rien compris à leur attitude.

« Qu'avez-vous à tourmenter cet enfant, dit-elle, et que lui montrez-vous de si horrible que les yeux lui sortent de la tête ? »

Camille lui donna rapidement l'explication, et courut chercher un album et un crayon. Le programme était de ne pas effarer le pauvre Arnold avec cette sarabande de lettres, mais de les bien apprendre une à une, en les dessinant ; Alfred prétendait que la chose irait plus vite autrement.

Tante Eugénie, consultée, les supplia tout d'abord de ne pas effaroucher leur élève, qui était rouge comme un coq, et donna raison à Camille.

En conséquence, la première phrase dessinée par Camille eut les honneurs de la séance. Alfred tenait la main brune d'Arnold entre ses doigts blancs ; Camille dessinait, et son crayon aida tellement les débuts d'Arnold, que lorsqu'il repartit, son vase de cuivre pendu à son épaule, il s'arrêta dans la rue montueuse et tomba en arrêt devant l'enseigne d'un loueur de voitures et de chevaux. Il contempla, sur cette large planche, trois mots français, qu'il prononça très bien.

Ce témoignage de science acquise, qui eût fait bondir de joie un petit Français, n'amena qu'un demi-sourire sur la figure naturellement flegmatique du petit Suisse ; néanmoins, après l'épreuve tentée sur l'enseigne, sa marche prit quelque chose de plus rapide et de plus important.

Les leçons données à Arnold se continuèrent avec une exactitude qui faisait l'admiration de tante Eugénie. La bonne tante Eugénie s'était dit que ce beau zèle durerait deux jours ; puis qu'on renverrait le petit montagnard à sa vache.

Mais Arnold montra une telle intelligence et une telle volonté, que Camille et Alfred s'y intéressèrent tout de bon.

Le but cherché par M. Darraudel était atteint, son fils avait trouvé une occupation qui était une variante nécessaire aux exercices physiques. En quittant son rustique élève, Alfred, avide de mouvement, acceptait tout ce qui lui était proposé en fait de distractions.

Depuis quelque temps il préférait les excursions nautiques aux excursions pédestres et il passait des journées entières avec son père dans un petit bateau que M. Darraudel gouvernait.

A une heure choisie de l'après-midi, ils venaient chercher Camille, qui aimait fort ce genre de passe-temps.

Gersau.

Quant à la tante Eugénie, sa peur l'attachait au rivage. Elle n'avait pas encore consenti à poser le pied sur une de ces embarcations légères qui sillonnaient le lac dans tous les sens et qu'on voyait s'élancer comme de légers oiseaux, sitôt que le remous occasionné par l'hélice du bateau à vapeur avait cessé.

Il n'y a pas sur le lac d'autre danger que celui-là. Il est toujours facile d'aborder en un lieu ou en un autre lorsque le temps menace, mais un batelet qui serait atteint par le mouvement de l'eau déplacée par un assez fort vapeur, risquerait de chavirer.

On ne pensait plus du tout à la visite promise au chalet d'Arnold; mais un matin ni le lait, ni les fleurs, ni l'écolier improvisé ne se présentèrent et Camille demanda que la promenade de l'après-midi fût consacrée à une ascension dans la montagne. On emporterait des provisions et l'on goûterait au chalet d'Arnold, d'où Mythen n'avait pas dû disparaître. On invita tante Eugénie à être de la partie, et tante Eugénie se laissa persuader, parce que, à son insu, ce blond petit Arnold, à l'allure tranquille, ne lui était pas indifférent. Elle eut soin de mettre une provision de poudre de riz dans son aumônière, bien qu'on lui affirmât que le soleil ne serait pas à craindre en cette montagne, boisée jusqu'à son plus extrême sommet.

Le ciel, très couvert pendant toute la matinée, était redevenu splendide, le soleil faisait miroiter le lac et c'était avec bonheur que l'on marchait vers l'ombre épaisse des mélèzes.

La première partie de la promenade parut facile : on montait un sentier en zigzag tracé le long du lit profond du torrent; mais lorsqu'on atteignit une zone plus élevée et qu'on eut tourné la montagne pour la gravir du côté où les les arbres dépouillés semblaient prêts à ruisseler dans le lac comme un gigantesque jeu de quilles, la fatigue commença à se faire sentir et les défections commencèrent. Le vieux Julien, qui marchait à l'arrière-garde chargé des provisions, se vit forcé de faire des haltes, et Mlle Eugénie l'imita en tous points; M. Darraudel et Camille prirent aussi le temps de souffler. Seul Alfred, coiffé d'un chapeau aux larges bords, appuyé sur son alpenstock, dont la pointe d'acier s'enfonçait dans le sol, continua vaillamment l'ascension.

Ce fut lui qui les héla. Montant sur un entassement rocheux, il agita son chapeau en criant :

« Le chalet, le chalet! »

Tante Eugénie et le vieux Julien ne bougèrent pas; mais M. Darraudel et Camille pressèrent le pas et arrivèrent bientôt devant le vieux chalet bâti par les montagnards ancêtres d'Arnold.

Abrité d'un côté par une pyramide rocheuse, de l'autre par une muraille touffue de vieux mélèzes, il avait encore la mine solide malgré sa vétusté. C'était le type du vieux chalet suisse enveloppé dans sa cotte de mailles faite de lamelles de bois, éclairé par une succession de fenêtres basses au vitrage menu et octogone en verre fumé.

On y grimpait par un escalier abrité sous une galerie faite d'arbres à peine dégrossis. Sous cette galerie Arnold étrillait Mythen, occupée à manger l'herbe contenue dans le tablier d'une femme costumée selon la vieille mode suisse.

A ses pieds, autour d'elle, se groupaient les autres enfants.

« La demoiselle! s'écria Arnold, qui offrait ses fleurs de préférence à la gracieuse Camille.

— Et moi, dit Alfred, et mon père, et tante Eugénie, et Julien, nous venons tous te voir, Arnold, et vous aussi, madame. »

Et il souleva poliment son chapeau.

La bonne Suissesse jeta devant Mythen l'herbe qui remplissait son tablier et s'avança vers M. Darraudel, suivie par ses petits enfants, qui formaient derrière elle une traînée de beaux yeux limpides et de joues fraîches.

Elle remercia avec émotion les étrangers des bontés qu'ils avaient pour son aîné.

Le maître charpentier qui s'occupait de l'abatis d'arbres auquel travaillait son mari, avait fait écrire Arnold et avait été stupéfié de ses progrès.

« Cela lui servira à se tirer d'affaire dans le monde, acheva-t-elle; on ne gagne plus rien dans les montagnes.

— Et vous avez beaucoup d'enfants, remarqua tante Eugénie, qui compta les têtes du bout de son ombrelle.

— Oh! il y en a d'autres, dit la mère non sans fierté; Heinrich, mon fils aîné, habille son grand-père, qui était un peu malade ce matin, et Mina, celle qui vient après Arnold, est occupée à faire sécher du linge.

— Mon Dieu! combien cela fait-il? »

Il souleva poliment son chapeau.

s'écria tante Eugénie avec un véritable effroi.

La bonne petite mère parut chercher.

« Voyez, dit-elle, il y a ici Arnold, Wilhelm, Bertha, Oswald, Nicolas, et ailleurs Heinrich et Thilda; cela fait bien huit, madame, que nous élevons de notre mieux, mon mari et moi. Notre-Dame d'Einsielden en soit bénie, ils n'ont encore manqué de rien.

— Je voudrais voir Heinrich, que je ne connais pas, dit Alfred, qui écoutait appuyé sur son bâton de montagne.

— Monsieur, vous entrerez bien dans notre chalet? dit-elle; mais voici Heinrich, qui descend chercher son petit frère. Heinrich, cria-t-elle, venez bien vite; voyez ce que devient notre petit Nicolas. »

Le garçonnet, qui apparaissait sous l'auvent de l'escalier, le dégringola en quelques bonds et alla relever Nicolas, vautré jusqu'au menton dans la botte d'herbe que mangeait Mythen, qui, ayant aperçu ce petit visage au milieu de son fourrage, s'était, en bonne nourrice, mise à le lécher.

Heinrich, qui était beaucoup plus

grand et plus robuste qu'Arnold, se saisit du poupon qui riait à Mythen et le mit à cheval sur son épaule.

« Il est bon garçon, Heinrich, dit la mère avec un sourire de complaisance; il aime tant la vache et son petit frère! Depuis que Nicolas est né, il ne le quitte presque jamais. Oh! c'est un bon garçon, et qui manie bien la hache déjà; mais il est plus faible qu'Arnold en ceci. »

Et elle posa deux doigts sur son front.

« Arnold est bien intelligent, dit Camille.

— Et bien bon aussi. Il fait bien toutes les commissions et rapporte toujours quelque argent à la maison. Il aime les chiffres, il aime beaucoup les chiffres, il en met partout, sur les planches, sur les arbres, et il est si content, si content de savoir les faire. Mais vous allez entrer, n'est-ce pas? Je vous servirai du lait de Mythen, puisqu'elle n'est pas encore allée au pâturage.

« Ce vieil homme peut porter son panier dans le chalet, les enfants ne toucheront à rien.

— Merci, nous aimons mieux goûter dehors, dit précipitamment tante Eugénie, qui voyait déjà ces figures mal débarbouillées entourant la table du chalet. On vous demandera seulement de l'eau et du lait, ma bonne femme. Édouard, vous montez? Me permettez-vous de choisir la salle à manger?

— Certainement, répondit en riant M. Darraudel. Nous irons vous rejoindre quand nous aurons souhaité le bonjour à ce bon grand-père qui vient se chauffer au soleil.

Et il posa le pied sur le premier degré de l'escalier, au haut duquel apparaissait la tête couronnée de cheveux blancs du vieux Suisse.

Camille et Alfred le suivirent et donnèrent gracieusement une poignée de main au grand-père, assis sur un banc dans la partie du palier éclairée par le soleil.

VII

Terreurs de tante Eugénie.

M. Darraudel appuyé contre un des solides piliers de l'escalier, commença avec le grand-père une conversation dont la Suisse et ses ancêtres fournirent le sujet. Camille et Alfred, conduits par Arnold, pénétrèrent dans la vaste pièce qui servait de cuisine et de chambre à coucher.

Thilda, la sœur aînée, blonde comme Arnold, plongeait dans la fumée ses cheveux nattés très serré sur sa tête ronde, et préparait la bouillie savoureuse qui formait le dîner de toute la famille.

Elle se détourna, son poêlon fumant à la main, et sourit aux arrivants. A la radieuse physionomie d'Arnold, elle avait deviné que c'étaient là les étrangers bienveillants qui s'occupaient de lui, et grâce auxquels il était déjà devenu si savant.

Arnold fit visiter le chalet, qui était vaste, mais bas d'étage et mal distribué.

Dans l'appartement où étaient accrochés les outils de bûcheron, Alfred découvrit la couchette d'Arnold. La poutre enfumée qui s'abaissait sur les pieds du lit, la muraille, noire aussi, étaient couvertes de ses essais d'écriture. Les chiffres y avaient la place d'honneur. Il en avait fourré partout, et, une fois couché, il devait avoir l'air de dormir dans une table de multiplication.

« Je ne m'étonne pas qu'il avance si vite, dit Camille, il travaille jour et nuit, il paraît. » Et interpellant Arnold :

« Quand avez-vous fait ceci? demanda-t-elle en désignant du doigt les poutres et le mur.

— Le soir, mademoiselle, quand les enfants dorment, dit-il.

— Mais il fait nuit.

— Oh! pas tout à fait. Je tire le foin qui bouche cette petite lucarne et j'y vois très bien.

— Et le jour, dit Alfred, as-tu le temps de chiffrer?

— Oh oui! monsieur, j'ai appris aux petits à garder Mythen, et j'écris sur mon ardoise et sur les rochers. Heinrich, qui est fort, casse tout le bois, sa part et la mienne.

— Heinrich ne sait pas écrire.

— Non, il n'aime pas les livres, il aime mieux s'amuser à lancer des pierres dans le torrent. C'est à Thilda que j'apprendrai quand je saurai tout à fait. Thilda sait déjà beaucoup de choses.

— Nous avons fait entrer la science ici, papa, dit Camille, riant à son père qui les cherchait des yeux.

— L'avenir prouvera que nous avons fait une œuvre utile, répondit M. Darraudel. Cette famille est des plus intéressantes; ma conversation avec le grand-père m'en a appris long sur elle. Positivement, il est le descendant de tes héros, Alfred. Le temps marche, il faudra que ces enfants se dispersent, et de quoi seront-ils capables s'ils ne savent que manier la cognée? Avant deux ans le gain du père ne sera plus suffisant pour les nourrir. Je verrai à obtenir qu'Arnold ne reste plus longtemps au chalet. J'irai jusqu'au chantier après déjeuner, et je parlerai à son père. Mais tante Eugénie nous attend, allons la rejoindre. »

Ils descendirent du chalet et, guidés par un des enfants, rejoignirent tante Eugénie, qui avait fait dresser le couvert sur une fraîche pelouse abritée par des cerisiers. Les tout petits l'avaient suivie et se tenaient modestement à l'écart, regardant d'un air admiratif ces verres de cristal, ces belles assiettes à fleurs, ces couverts brillants.

Ce fut le robuste Heinrich qui apporta d'une main une jatte pleine de lait, de l'autre un saladier plein d'une eau limpide.

Il voulait emmener les petits enfants, mais Camille s'interposa et affirma que leur présence ne les gênait en aucune façon. Nicolas seul se montrait très disposé à l'indiscrétion. Nicolas avait plus d'une fois couru vers la nappe, les deux mains ouvertes; mais Oswald l'avait empoigné par sa petite robe et l'avait assis d'autorité sur une vieille souche où sa main le maintenait au repos.

Camille s'empressa de porter au petit prisonnier des gâteaux, qu'il se mit à croquer avec ses jolies petites dents nouvellement percées.

Les grands avaient disparu et ne se représentèrent que lorsqu'il fallut aider le vieux Julien dans la desserte, qui fut copieuse et distribuée par Camille à tous les enfants.

La part reçue, ils s'élançaient l'un après l'autre vers le chalet, et allaient porter de ces bonnes choses au grand-père et à la mère.

Nicolas resta seul sur sa souche, tout occupé à remettre dans sa bouche avec ses doigts les confitures qui s'étaient étendues jusque sur ses joues. Il était surveillé de loin par Arnold, qui aidait très adroitement Julien à enlever le couvert.

L'heure du départ ayant sonné, Heinrich se présenta avec de solides bâtons en bois de frêne et en proposa aux étrangers, l'ascension du faîte de la montagne étant impossible sans ce secours.

M. Darraudel examina en souriant celui qui lui était échu en partage.

« Si ce morceau de bois pouvait parler, il en aurait long à conter sans doute, dit-il; qui sait quels fronts a abrités le frêne dans lequel il a été coupé?

— Édouard, je ne m'inquiète pas de cela, s'écria tante Eugénie; le vieux bois pourrit comme le reste; j'aimerais mieux un bâton plus jeune entre vos mains.

— La vieillesse ne produit par sur certains objets le même effet que sur l'homme, ma chère, répondit M. Darraudel; ce morceau de frêne est demeuré sain, et, par conséquent, fort. Il est si léger en même temps, que je vous le cède si vous nous accompagnez. »

Tante Eugénie leva ses mains gantées vers la cime des arbres.

« Édouard, dit-elle d'un ton de reproche, avez-vous pu le penser? C'est déjà assez d'imprudence de ma part de m'être hissée jusqu'ici. Je n'aime pas le pittoresque, je déteste les montagnes, les précipices, les horreurs enfin. N'en avez-vous point assez pour aujourd'hui? Si vous étiez raisonnable, vous reviendriez avec les enfants et moi à Gersau. Qu'irez-vous chercher là-haut? Nous sommes quasi sous les nuages ici, il y a je ne sais quelles menaces d'orage dans l'air. Je vous en prie, renoncez à cette expédition.

— Qu'en dites-vous, mes enfants? demanda M. Darraudel; il est peut-être un peu tard, en effet, pour tenter une nouvelle escalade, et la chaleur devient étouffante. »

Camille et Alfred protestèrent avec la déférence respectueuse dont ils ne se départaient jamais envers leur père, mais le plus énergiquement possible. Allait-il écouter cette peureuse de tante Eugénie qui appelait le lit d'un torrent un précipice?

Un autre jour la partie serait plus difficile encore.

Ils étaient si bien reposés par cette longue halte, n'était-il pas raisonnable de profiter de ce repos?

Cette ascension n'était rien, comparée à celle du Righi, que cette peureuse de tante Eugénie n'avait pas encore permis de faire.

M. Darraudel, ébranlé par leur insistance, allait se rendre, quand une jolie lueur bleue passa comme une flèche à travers le feuillage des arbres.

« Un éclair! s'écria tante Eugénie en se voilant le visage de son ombrelle: de l'orage! Édouard, descendons bien vite.

— Montons, papa, montons! » s'écrièrent Alfred et Camille.

L'éclair, c'en était un, avait fait perdre à tante Eugénie tout courage pour résister. Partir au plus tôt, quitter ces arbres, qui attirent la foudre, devint sa seule pensée.

« Montez, montez, dit-elle précipitamment, puisque vous ne voulez pas renoncer à cette folie: moi, je descends. Julien, placez ces restes dans le petit panier, enlevez la nappe, vite, et prenez le grand panier.

— Ma chère Eugénie, nous arriverons tard, sans doute, dit M. Darraudel, souriant malgré lui de sa physionomie effarée.

— Vous n'arriverez peut-être pas du tout; envoyez-moi une dépêche, je vous en supplie.

— L'électricité ne manquera peut-être pas pour cela, dit M. Darraudel en riant; mais il n'y a pas plus de télégraphe que de poste là-haut. »

Un gémissement fut la réponse de tante Eugénie. S'en aller dans un lieu où il n'y avait ni télégraphe ni poste, était pour elle le comble de la démence.

La mère d'Arnold, qui assistait au débat avec Nicolas dans ses bras, voulut rassurer à sa manière tante Eugénie, et lui dit que si l'orage éclatait là-haut, les promeneurs trouveraient un abri, placé sous les rochers et non point sous les arbres, et que si quelque chose les retardait à mi-route, elle avait une grande chambre très propre à leur offrir.

« Eh bien, c'est entendu, dit Camille en riant: nous vous disons peut-être à demain, tante Eugénie.

— Ne nous attendez pas, ajouta Alfred; je voudrais qu'il fît là-haut un bon petit orage qui nous obligeât à y passer la nuit.

— Alfred, tu m'épouvantes », murmura tante Eugénie.

Alfred l'embrassa pour se faire pardonner, et, lui offrant son élégant bâton de montagne :

« Prenez ce joujou pour descendre, chère tante, dit-il; je me sers aujourd'hui du vieux et solide bâton suisse. »

Ils se séparèrent. Tante Eugénie, la pointe du bâton en l'air, commença prudemment la descente sur les pas de Julien, qui lui offrait, avec son panier, un bon point de résistance, dans le cas où le vertige la précipiterait en avant.

M. Darraudel et ses enfants firent le

mouvement opposé et montèrent le sentier derrière Arnold, qui ouvrait la marche; ils étaient suivis par Heinrich, qui la fermait, le panier de provisions à la main.

Ils allaient gaîment, sans pressentir ce que la montagne leur réservait d'émotions et d'imprévu.

Monter sans se presser un sentier qui forme de nombreux zigzags n'est pas incompatible avec la conversation, et les trois touristes continuaient d'échanger leurs pensées en pleine liberté, leurs guides laissant toujours entre eux une distance respectueuse.

D'abord Camille et Alfred plaisantaient sur les frayeurs imaginaires et la poltronnerie excessive de tante Eugénie; chacun d'eux faisait appel à ses souvenirs pour servir à M. Darraudel quelque trait ignoré, dont il s'égayait franchement.

Après cela on parla du lieu où ils se rendaient et la parole revint à M. Darraudel, qui avait étudié la Suisse en géologue et en ingénieur, et qui maintenant l'étudiait en historien.

Il raconta à ses enfants les détails de la conversation qu'il avait eue avec le grand-père. Ce dernier était un des derniers descendants authentiques de ces héroïques Waldstetten, qui n'étaient que des pâtres, et qui avaient su s'ériger en peuple libre et conserver leur indépendance pendant des siècles. C'était vraiment merveille de penser que les habitants de ces vallées solitaires et de ces montagnes abruptes avaient pu s'isoler du reste de l'Helvétie, et échapper au joug qui pesait sur leurs concitoyens. Vivant d'après leurs lois et leurs usages, gouvernés par des magistrats de leur choix, séparés de leurs voisins par leurs grandes montagnes, ils vivaient du produit de leurs troupeaux, et rien ne venait du dehors porter atteinte à leurs mœurs pures et simples.

Et même plus tard, quand, pour assurer leur repos et défendre victorieusement leur pays, ils durent se placer sous la protection de l'empereur d'Allemagne, prendre part aux guerres de Frédéric II, ils gardèrent leur qualité d'hommes libres et une charte constitutionnelle en fit foi.

« Et ce bonhomme descend de ces Suisses-là, papa? demanda Camille.

— Authentiquement. On a fait une statistique très curieuse là-dessus. Il reste très peu de ces Waldstetten à leur lieu d'origine : on en compte quatre; le reste s'est fondu dans la nouvelle Helvétie et il n'y a plus de pâtres : tous ouvriers ou hôteliers.

— Heinrich, dit Alfred au petit garçon qui le suivait d'assez près en ce moment, que seras-tu? ouvrier ou hôtelier? »

Heinrich arrêta sur lui ses yeux, dont la nuance rappelait la couleur sombre et vitreuse des eaux du torrent en hiver, et eut un énergique hochement de tête.

« Vous serez pâtre, berger comme vos ancêtres? » dit Camille.

Il sourit et sa main ébaucha un geste qu'Alfred comprit.

« Tu aimes à faire claquer les fouets, dit-il; je t'en donnerai un. Eh bien, Camille, encore une halte?

— Je suis fatiguée, dit Camille, et il fait bon se reposer ici. »

Et elle se laissa tomber auprès d'un amas rocheux, qui se creusait comme une grotte.

Le sentier, très étroit en cet endroit, traçait une ligne de démarcation entre cet énorme entassement et une jolie prairie qui se tendait comme un ruban de velours vert le long du vallon. Eugénie ne se hasarderait pas, dit Camille, qui s'était avancée dans la grotte.

Camille se laissa tomber.

Au delà du sentier, qui faisait partie de la masse rocheuse, le sol s'effondrait en quelque sorte, et formait une vallée tapissée de prairies.

« Voici un sentier dans lequel tante

— La chute serait très profonde, mais pas dangereuse, ajouta Alfred. Je sauterais à pieds joints sur cette jolie prairie sans me faire le moindre mal.

— Je te défie de l'essayer, dit

M. Darraudel en le voyant faire un mouvement en avant; il faut d'autres jarrets que les tiens pour tenter ce tour de force.

— Ceux d'Heinrich! » s'écria Alfred dans un éclat de rire.

Heinrich, témoin de cet entretien, avait soudain posé ses galoches, pris son élan et sauté comme une balle élastique sur le pré vert.

« Bravo! bravo! cria Alfred en se penchant pour le regarder; mais comment vas-tu remonter à présent? »

Heinrich, sans mot dire, remonta lestement le pré, et, cinq minutes plus tard, on l'aperçut perché sur un roc dont l'aiguille semblait percer le ciel.

« Voilà un chemin que nous ne suivrons pas, dit M. Darraudel; mais, dis-moi, mon petit, ajouta-t-il en tirant sa montre, ne sommes-nous pas près d'arriver au chantier? Voilà une heure que nous montons. D'un autre côté, le ciel se couvre terriblement et ce nuage que voici est plein d'électricité. Si nous n'arrivons pas bientôt, il serait sage que j'ordonnasse le retour. »

Arnold leva la main.

« Là où est Heinrich, là est mon père, dit-il.

— Allons, en marche! dit M. Darraudel; l'orage pourrait éclater sur nos têtes, ce qui ne serait pas rassurant.

— La grotte nous servirait d'abri, papa, dit Camille en secouant les brins de mousse attachés à sa robe; c'est une véritable maison. »

L'ingénieur jeta un coup d'œil investigateur sur la grotte.

« Cette roche est bien creuse, dit-il, et la terre végétale où croissent ces arbres doit être bien lourde lorsqu'elle est imbibée par la pluie. Voyez comme ils penchent et comme leurs racines affleurent à peine le rocher. Un coup de vent très violent les déracinerait. Bon, du tonnerre! Nous n'échapperons pas à l'orage. Viens, Camille, viens vite. »

Il entraîna sa fille et l'obligea à presser le pas.

VIII

Dans la montagne. — L'orage.

Au bout de vingt minutes de marche, ils atteignaient la roche sur laquelle Heinrich restait debout; ils étaient arrivés. Autour d'eux les sapins, sciés au pied ou abattus à coups de hache, gisaient là comme des tiges de blé sur lesquels a passé la faucille. Dans ce chantier rustique s'élevait un cirque naturel de rochers au centre duquel avait été bâti, au moyen d'arbres non dépouillés de leur écorce, un vaste chalet.

Arnold sautant d'arbre en arbre avait rejoint la principale escouade des travailleurs, dirigée par un contremaître. Alfred l'aurait volontiers suivi, mais M. Darraudel examinait une partie du ciel qui devenait d'un noir d'encre et défendit à son fils de quitter cet endroit, où un abri sûr leur était ménagé.

Le surveillant s'empressa d'ailleurs de venir saluer les étrangers et mit une chambre grossièrement meublée, mais très propre, à leur disposition.

Un instant après, Arnold arrivait accompagné de son père, qui salua M. Darraudel en le remerciant de ses bontés pour son fils.

« Votre fils est intelligent, dit l'ingénieur, et ne me paraît pas assez fort physiquement pour embrasser votre métier.

— Non, dit le père, il a le tempérament de sa mère, et c'est dans les villes qu'il lui faudra gagner son pain. »

Sur ces paroles, il prit congé et retourna à son travail. M. Darraudel remarqua qu'il boitait et demanda au contremaître si c'était de naissance.

« Non, monsieur, répondit-il; un arbre mal dirigé dans sa chute lui a naguère cassé la jambe. Je l'emploie depuis six mois au dépouillement de l'écorce, travail qui nécessite un moindre emploi de force. »

De grosses gouttes de pluie, mêlées de grêlons, les obligèrent à entrer dans le chalet et le contremaître les introduisit dans la pièce contiguë à celle qui servait de cuisine. Elle était éclairée par une grande fenêtre ogivale, près de laquelle Camille et Alfred élurent domicile.

« Combien durent les orages en cette saison et à cette altitude? demanda M. Darraudel au contremaître.

— C'est selon, monsieur; d'ici je ne puis voir le Righi, qui nous sert de baromètre. Mais, si j'en crois les échos qui répercutent le bruit du tonnerre, l'orage sera long et violent.

— Avant que l'orage éclate tout à fait, ne pourrai-je descendre avec mes enfants au moins jusqu'au chalet d'Arnold?

— Je ne le pense pas : cette pluie détrempe le sentier, vous ne pourriez marcher vite. Je crains que vous ne soyez obligés de passer la nuit ici.

— Tant mieux! s'écria Alfred; c'est très beau un orage dans les montagnes. Écoutez, papa, quel beau coup de tonnerre! Camille, tu as peur?

— Non, dit Camille qui avait machinalement croisé ses deux mains sur ses yeux; mais je n'ai jamais vu de pareils

éclairs. On aperçoit la vallée jusqu'au fond.

— Ceci n'est rien encore, mademoiselle, dit le contremaître en souriant, la pluie éteint encore ces lueurs; mais, si c'est un grand orage qui nous menace, il vous semblera assister à un tremblement de terre. Ne craignez rien cependant : les arbres attirent sûrement la foudre, et cet endroit est dégarni de grands arbres. Au-dessus du toit plat de ce chalet vous avez une roche-mère, qui est un paratonnerre solide. »

Sur ces paroles, il quitta l'appartement et bientôt Alfred et Camille le virent passer enveloppé d'un vêtement en caoutchouc, sur lequel la pluie ruisselait jusqu'au cuir des grandes bottes qui lui montaient aux genoux.

« Papa, nous couchons ici, n'est-ce pas? dit Alfred, que cette perspective amusait extraordinairement.

— Nous y passerons la nuit, je le crains. Il est bien heureux que tante Eugénie nous ait forcés d'emporter quelques provisions. Que sont devenus Arnold et Heinrich qui portaient le panier?

Il ouvrit la porte de communication et aperçut Arnold assis sur un banc de bois et accoudé sur le panier aux provisions.

« Qu'est devenu ton frère? demanda M. Darraudel.

— Il retourne au chalet, dit Arnold.

— Peux-tu le rappeler? »

Arnold s'élança à la porte, mit ses deux mains devant sa bouche et poussa un cri strident.

Presque aussitôt Heinrich apparut, une peau de chèvre sur le dos, ses deux galoches attachées par deux lianes tordues sur son épaule et un bâton à la main.

« Tu ne crains pas de descendre par ce temps? » demanda M. Darraudel.

Heinrich eut un sourire. Il avait vu d'autres orages que celui-là, il ne craignait pas les orages.

« Mon petit ami, reprit l'ingénieur, si le temps le permet, descends jusqu'à Gersau, toi qui as le pied montagnard. et porte ce billet chez moi. Sais-tu où je demeure?

— Arnold m'a montré votre maison. monsieur; j'irai.

— Ce soir?

— Quand j'aurai vu ma mère et fait la litière de Mythen. »

M. Darraudel écrivit quelques mots sur son calepin, déchira la page, la plia, la donna à Heinrich avec une pièce d'argent, dont la vue lui fit ouvrir de grands yeux.

Il s'en alla sans mot dire.

M. Darraudel retourna près de ses enfants.

« Me voici plus tranquille, sachant votre tante prévenue, dit-il; je lui ai écrit en style télégraphique : « Sommes très bien abrités, au-dessus de l'orage; restons passer la nuit. A demain. »

Alfred battit des mains.

« Quel bonheur de rester ici! s'écria-t-il. Un voyage en Suisse est incomplet quand on n'a pas à compter une aventure comme la nôtre.

— Nous marchons de surprise en surprise, dit Camille. Je n'ai jamais vu pleuvoir comme cela. Voilà des torrents qui se forment entre les arbres. on les entend couler. C'est une note suave que ce bruit de ruisseaux en cette musique bruyante et solennelle. »

Alfred se hissa sur l'appui de la fenêtre pour mieux voir courir ces ondes bondissantes, tombées directement des cataractes du ciel.

Deux heures se passèrent en pluies diluviennes, mêlées d'éclairs et de tonnerre.

Il y avait des moments où la pyramide aiguë, hérissée de sapins, qui formait le sommet de la montagne, avait l'air sillonnée de feux de Bengale de toutes les couleurs.

De loin en loin on entendait des craquements épouvantables.

Arnold expliqua qu'un arbre frappé par la foudre tombait ou volait en éclats.

Vers huit heures le contremaître revint avec celui de ses ouvriers qui préparait les repas. Il trouva la table couverte des mets apportés par Heinrich, et M. Darraudel l'invita à en prendre sa part.

Il remercia en souriant et ouvrit la partie inférieure d'un vieux dressoir, d'où il tira un superbe fromage, du pain et plusieurs bouteilles.

Sur son ordre, Arnold alla traire la vache enfermée dans l'étable et qui ordinairement passait le jour et la nuit aux alentours du chalet. C'était la nourricière des petits enfants que les mères amenaient avec elles en même temps que le frugal repas du père.

Heinrich apparut.

Elle appartenait au contremaître, qui possédait un chalet à mi-côte sur l'autre versant. Tous ces aliments réunis formèrent un très confortable souper, auquel les promeneurs firent honneur. En ce moment une accalmie soudaine leur donna à espérer que l'orage allait s'éloigner. Néanmoins le retour à Gersau n'était pas possible, les nuages vomissant toujours des torrents.

Le dessert, composé de laitage et de baies sauvages cueillies par Arnold, fut vite expédié. Après une heure de conversation, on prit les dispositions pour la nuit. Le contremaître fit accrocher au plafond une lampe de marine qui éclairait à peu près tout l'appartement. Un tas de bruyères sèches fut apporté et empilé dans les angles. On isola ces matelas primitifs en plaçant devant, au chevet et aux pieds, des bancs massifs et on les recouvrit avec des châles et des couvertures.

Cela composa deux couchettes, sur lesquelles Camille et Alfred pouvaient dormir tout habillés. Quant à M. Darraudel, il se refusa à rien emprunter au mince mobilier du contremaître et déclara qu'il dormirait très bien au milieu des bâts de mulets jetés dans un coin.

« Nous robinsonnons pour de vrai, enfin ! s'écria Alfred en bondissant sur la bruyère. Mon lit est excellent, et le tien, Camille ?

Camille s'était aussi dirigée vers sa couchette et, s'asseyant au beau milieu de la bruyère, s'accouda sur le panier aux provisions et dit en riant :

« Je dormirai comme en wagon, c'est-à-dire pas du tout.

— Même s'il ne tonne plus? cria Alfred de son coin.

— Elle est piquante cette bruyère, sais-tu, Alfred? Mais en a-t-on laissé une botte à Arnold?

— C'est vrai, Arnold, où est Arnold? s'écria Alfred en reparaissant dans la zone éclairée au milieu de la chambre. Monsieur. savez-vous ce qu'est devenu Arnold? »

Ces paroles s'adressaient au contremaître, qui entrait avec M. Darraudel.

« Arnold vient de partir avec son père, dit-il. J'ai voulu les retenir, l'orage, à mon sens, n'étant pas fini ; mais Arnold le père est un entêté, il est parti malgré mes observations.

— Eh bien ! il entendra en chemin une belle marche militaire », dit Alfred en portant machinalement ses deux mains à ses oreilles.

Le coup de tonnerre auquel Alfred faisait plaisamment allusion, avait été si violent, que M. Darraudel lui-même n'avait pu retenir un tressaillement.

Quant à Camille, elle avait bondi hors de son siège de bruyère et était venue se suspendre au bras de son père.

« La foudre doit être tombée bien près d'ici, dit paisiblement le contremaître ; mais ne craignez rien, mademoiselle, le rocher est solide et nous sommes protégés par le rocher. »

Un cri perçant de Camille lui répondit.

« Il tombe, je vous assure qu'il tombe », s'écria-t-elle.

Camille et Alfred fermèrent les yeux, M. Darraudel pâlit et serra sa fille dans ses bras.

Le visage énergique du contremaître exprima une inquiétude profonde. Un bruit épouvantable, une sorte de tremblement de terre plus fort que le vent et le tonnerre s'était fait soudain entendre.

Il avait semblé à Camille que le rocher à l'abri duquel ils se trouvaient, venait de s'écrouler, et cependant, quand le silence se fit, pas une planche n'avait bougé dans le chalet.

« Il y a eu un éboulement dans la montagne, dit le contremaître avec agitation. Je vous le répète, monsieur, ici vous êtes en sûreté; l'endroit est bien choisi, il n'y a ni éboulement ni déplacement à craindre : en supposant même que la foudre fît éclater certaines parties du rocher, les blocs tomberaient sur le toit, qui est solide, l'accident ayant été prévu. Mais dans la montagne il y a eu un éboulement. Il faut que je sorte avec mes deux hommes.

— Je vous accompagnerai, dit M. Darraudel. Auriez-vous un manteau, n'importe lequel, à me prêter ? »

Le contremaître sortit un instant et revint presque aussitôt.

« Il n'y a plus un nuage au ciel, dit-il, l'orage court vers le Pilate et nous n'avons même pas besoin de lanterne, la lune se lève. Partons !

— Je vous accompagne, papa ! » s'écria Alfred en jetant son paletot sur ses épaules.

M. Darraudel le cloua à sa place par un geste plein d'autorité.

« Non, dit-il; cette promenade en pleine nuit serait malsaine pour toi, et d'ailleurs ta sœur ne peut se passer de gardien. »

Comme un homme habitué à être obéi, il n'attendit pas de réponse, sortit et ferma la porte derrière lui.

Alfred alla s'abattre contre la fenêtre et pleura de rage.

On le regarderait donc toujours comme un malade, comme un enfant? N'était-il pas guéri? N'avait-il pas quinze ans bien sonnés ?

Camille laissa s'épancher le trop-plein de son dépit; mais elle s'était tout doucement rapprochée de la fenêtre.

« Quel silence ! quelle solitude ! dit-elle doucement : après tant de bruit, c'est plus émouvant encore.

« Si j'étais restée seule, je serais horriblement effrayée. Mon Dieu ! quelle aventure ! Me vois-tu seule, ici ? »

Cette parole fut un baume pour l'amour-propre d'Alfred.

« Je sais bien que c'est pour te garder que papa m'a défendu de l'accompagner, grommela-t-il, mais j'aurais mieux aimé qu'il y restât lui-même et qu'il me permît d'aller avec le contremaître.

— As-tu des armes ? » demanda Camille d'un petit ton craintif.

Alfred s'élança vers la cuisine et en fit le tour.

« Le contremaître a tout emporté, s'écria-t-il, son revolver, son fusil; mais voici un bon gourdin. »

Il avait saisi un épais bâton, une véritable massue, et il se mit à faire le moulinet, si adroitement, que la lampe suspendue au plafond en reçut une secousse telle, qu'elle ne se fendit pas, le verre étant d'une épaisseur peu commune, mais qu'elle s'éteignit.

« Ah ! mon Dieu ! je ne trouverai plus mon canapé », s'écria Camille en riant et en se précipitant vers l'encoignure qui lui avait été destinée.

« As-tu des allumettes au moins, Alfred ?

— Hélas ! non, répondit Alfred avec dépit. Si tu n'étais pas si peureuse, j'ouvrirais les portes et les fenêtres et la lune servirait de lampe.

— Je te le défends bien! s'écria Camille de son coin: les voleurs ne sont peut-être pas à craindre, mais quelles bêtes pourraient entrer ici! N'ouvre rien, Alfred. Et bien, où es-tu?

— Sur mon lit de camp, répondit-il; je m'enveloppe des pieds à la tête dans une couverture.

— Et moi aussi, murmura Camille dans un bâillement.

— Camille, ne t'endors pas, s'écria Alfred; raconte-moi quelque chose.

— Quoi? quoi? balbutia Camille. Laisse-moi finir ma prière. »

Il y eut un silence.

« Raconte ou chante, reprit Alfred. Je sens que je ne fermerai pas les yeux, et ce n'est pas amusant d'être éveillé toute la nuit dans un pareil logis.

— C'est comme en wagon, bégaya Camille.

— Oui, c'est comme en wagon.

— Eh bien, chantons, puisque nous ne pouvons dormir!

— Oh! Alfred! et ce pauvre Arnold qui est peut-être blessé, mort.

— Pourquoi pas enterré? Tu me navres avec tes suppositions. Chante

plutôt. Si tu veux quelque chose de circonstance, par exemple, l'air du *Chalet* :

Arrêtons-nous ici....

Commençons-nous?

— Commence, Alfred, mais pas trop haut. »

Il commença; mais le morceau finissait à peine, que le sommeil les avait gagnés l'un et l'autre, et qu'ils dormaient de tout leur cœur sur leur lit de bruyère.

IX

L'éboulement.
Blessé! — Charitables projets.

Tandis que ses enfants goûtaient sous leur toit rustique un sommeil réparateur, M. Darraudel descendait la montagne à la suite du contremaître et de l'ouvrier qu'il avait à son service. Celui-ci portait une lanterne tout à fait indispensable pour éclairer le sentier à cette heure de la nuit dans la partie boisée de la forêt.

Quelque clairs que fussent les rayons de la lune, ils ne pénétraient jamais de part en part cette épaisse frondaison; les rayons solaires avaient seuls cette puissance.

« J'entends crier, dit tout à coup le contremaître, dont l'oreille était affinée par son long séjour dans la montagne. C'est une voix d'enfant. Tourne à gauche, Karl, c'est du côté des Roches Percées que vient la voix. »

Le guide changea de direction; ils marchèrent un quart d'heure. Tout à coup il s'arrêta.

« Le terrain cède, dit-il, il y a eu un éboulement, et pas loin d'ici. Il faut tourner le vieux pont, monsieur.

— Allez, allez, Karl. »

Karl revint sur ses pas, puis gravit une sorte d'escalier dont les degrés étaient formés de pierres du torrent liées par du ciment.

Ils mirent le pied en même temps

sur le pont, et un cri échappa aux trois hommes, également aguerris contre les surprises cependant.

Devant eux, sous la blanche lumière de la lune, se déployait une image du chaos.

En cet amas de terre, de rochers, de troncs brisés, des arbres entiers se tenaient debout, les racines en l'air.

Là où s'élevait, il y a une heure, une masse imposante de rochers, un trou béant se creusait; là où une herbe veloutée couvrait le sol, une montagne aride de terre, de morceaux de rocs, d'arbres brisés, se dressait.

« Les Roches Percées se sont éboulées sous l'effort des pluies du dernier orage, dit le contremaître; j'avais toujours craint cet éboulement, mais je ne le croyais pas si proche. Voilà une prairie qui peut être rayée de notre plan cadastral. Ah! la montagne nous ménage de cruelles surprises.

— Heureusement qu'il n'y a pas de mort d'homme, monsieur, dit le guide; les Roches Percées servaient bien souvent d'abri aux ouvriers.

— Écoutez, écoutez », dit M. Darraudel.

Le cri qu'ils avaient perçu, étouffé sous les arbres, retentit aigu, désespéré, à une petite distance.

Le contremaître y répondit avec la petite trompe attachée à sa ceinture, et, se détournant vers M. Darraudel :

« Marchez sur nos traces pas à pas, monsieur, dit-il; je n'ai pas besoin de vous rappeler que ces terres éboulées cachent des abîmes; il faut marcher avec une grande prudence et suivre les ondulations du terrain. Ici, heureusement, nous y voyons clair, grâce à la lune. »

Ils descendirent en zigzag, et, un nouveau cri les ayant mis sur la voie, ils arrivèrent près d'un magnifique mélèze dont la partie supérieure du tronc était enserrée entre deux roches comme dans un étau, et les racines

dressées en l'air comme un bouquet de filaments.

Au-dessous était couché un homme auquel la douleur arrachait des gémissements, et, agenouillé près de lui, un enfant versait sur ses tempes l'eau qui remplissait son bonnet.

« Arnold! » s'écria M. Darraudel.

C'était Arnold et son père. Surpris par le redoublement de l'orage, le pauvre homme avait eu la malheureuse idée de se réfugier dans les Roches Percées, et c'en était fait du père et du fils si Arnold, ayant senti les premiers tressaillements, avant-coureurs de l'éboulement, n'avait eu la crainte que ce ne fût une bête sauvage et n'eût entraîné son père un peu plus loin. Néanmoins un quartier de roche, lancé comme par une catapulte, avait brisé une des épaules du pauvre homme, qui était là sans connaissance.

Les hommes se concertèrent entre eux. Il fallait avant tout les soins d'un chirurgien, et M. Darraudel offrit immédiatement de faire transporter le blessé à Gersau.

L'abandonner dans son vieux chalet inabordable aux hommes de l'art, c'était le vouer à l'infirmité, à la mort.

« Je vais faire chercher une sorte de traîneau qui nous sert pour nos transports de bois, nous le placerons dessus, dit le contremaître. Avec une bonne corde, deux hommes le retiendront aisément sur la pente, et il n'y aura aucune secousse.

— Je vous laisse imaginer les moyens de transport, dit M. Darraudel. Je vais chercher mes enfants et redescendre avec eux.

— Remonter sera une grande fatigue pour vous, monsieur, dit le contremaître; ne pouvez-vous les faire chercher par Arnold? J'envoie quérir mon second ouvrier, qui nous amènera le traîneau et la corde. »

M. Darraudel consentit à ce raisonnable arrangement, et chargea Arnold de ramener ses enfants jusqu'à son chalet, où il allait se rendre lui-même pour avertir avec précaution la pauvre mère. Il redoutait aussi quelque peu, pour la sensibilité de Camille, la vue de cet homme, qui avait le visage ensanglanté et les traits horriblement contractés.

Arnold remonta jusqu'au plateau et commença par réveiller l'ouvrier couché dans le grenier. Puis il frappa à coups redoublés à la petite fenêtre de la chambre où il avait vu installer la famille Darraudel.

Ce fut Camille qui entendit la première le signal. Comme elle n'avait rien dérangé à sa toilette, elle courut sur-le-champ vers la fenêtre, l'ouvrit, et se trouva face à face avec Arnold. qui lui fit en termes brefs la commission dont il était chargé.

« Papa nous fait chercher à cette heure? dit Camille avec une pointe d'inquiétude; il ne vient pas lui-même? Vous ne vous trompez pas, Arnold?

— Non, mademoiselle; M. Darraudel m'a même chargé de vous conduire jusqu'à mon chalet.

— Oh! nous connaissons le chemin, dit Camille.

— Il n'y a plus de chemin, madeselle.

— Comment! il n'y a plus de chemin?

— Non, je vous conduirai par un autre sentier. Venez bien vite. »

Camille dut secouer son frère pour le réveiller. Le premier mouvement d'Alfred fut de consulter sa montre, et il s'écria, tout en bâillant :

« Je dormais si bien, Camille. Je ne puis comprendre que papa nous fasse voyager à deux heures du matin.

— Arnold vient nous chercher, cela suffit. Il a l'air tout effaré. En chemin il prendra le temps de s'expliquer. »

Il le fit, en effet, et les deux jeunes gens apprirent en même temps et l'éboulement et l'accident.

« Et pourquoi ne passerions-nous pas par là? dit Alfred; nous descendrons dans la prairie.

— Il n'y a plus de prairie », dit Arnold.

Il fallut que d'une éminence Arnold montrât à Alfred cette colline étrange faite de pierres, de terre et d'arbres déracinés pour qu'il se rendît compte du désastre.

« La jolie prairie de velours a vraiment disparu, dit Camille, c'est épouvantable; et moi qui me suis réfugiée dans cette grotte des Roches Percées! Si cet éboulement avait eu lieu le jour, il y aurait eu plus de malheurs, n'est-ce pas, Arnold?

— Oh oui! mademoiselle, le troupeau de vaches eût été écrasé tout entier, et le fermier eût été ruiné. »

Les enfants, très remués par ce changement à vue, continuèrent leur chemin en silence.

C'était une image de chaos.

Au chalet, ils trouvèrent M. Darraudel occupé à consoler la mère d'Arnold, entourée de tous ses enfants, qui jetaient des cris de désespoir depuis qu'ils avaient vu leur père étendu sur la civière.

« J'emmène Arnold, ma bonne Mina, dit M. Darraudel, il sera nécessaire à son père; plus tard, je le ferai remplacer par Heinrich. »

Il était à peu près quatre heures du matin quand la sonnette du Chalet Rouge retentit si fort, que tante Eugénie mit la tête à la fenêtre pour demander la raison de ce tapage nocturne. Sa joie égala sa surprise lorsqu'elle reconnut les arrivants, et elle se hâta de faire ouvrir les portes, fermées par son ordre à doubles verrous.

L'aventure de l'éboulement lui fut contée et la terrifia. Immédiatement elle promit à son cousin d'aller au lever du jour prendre des nouvelles du blessé.

Le pauvre descendant des Waldstetten put bénir la Providence de la rencontre toute fortuite de la famille parisienne avec son fils. Blessé comme il l'était, se trouvant dans l'impossibilité absolue de se faire donner à temps les soins chirurgicaux indispensables, il devait fatalement succomber aux suites de l'accident.

Grâce à la famille Darraudel, non seulement il échappa à la mort, mais il put conserver l'usage presque entier de ses membres. Seulement sa convalescence devait durer tout l'hiver, et la misère, la noire misère allait forcément s'installer au chalet.

Aux supplications de ses enfants, M. Darraudel répliquait que, sa fortune étant limitée, il devait limiter ses bienfaits, et qu'il ne pouvait prendre l'engagement de faire vivre toute une famille en Suisse alors que d'autres misères solliciteraient sans doute sa charité en son propre pays.

Tout en établissant ces bases de logique, il cherchait un moyen de soulager la pauvre mère de famille, et un matin il déclara qu'il se rendait à Lucerne, d'abord pour retenir des appartements pour le mois d'automne qu'ils devaient y passer, leur bail au chalet se terminant à cette époque, ensuite pour s'occuper d'Arnold.

Cette double nouvelle ravit la famille pour des motifs différents.

Le projet du retour en ville transporta d'aise tante Eugénie, dont la montagne n'avait pu conquérir les sympathies.

Depuis quelque temps elle faisait remarquer à M. Darraudel que le chalet devenait d'une fraîcheur peu hygiénique.

« Nous allons tous nous enrhumer, et peut-être nous sentir attaqués de la poitrine, ou prendre des rhumatismes, prophétisait-elle. Alfred est guéri; pourquoi risquer une rechute? Ce chalet était habitable pendant les grandes chaleurs; maintenant il devient humide et glacial. »

C'était un peu exagéré; mais il était certain que ces murs en bois laissaient passer les brises qui descendaient soir et matin de la montagne. M. Darraudel, arrivé à la fin de son engagement, ne le renouvela pas, et décida qu'on retournerait habiter Lucerne pendant ce dernier mois.

Homme aux promptes résolutions, il partit immédiatement avec Alfred, dont la santé ne donnait plus l'ombre d'une inquiétude, et se fit accompagner, selon sa promesse, par le petit Arnold.

Ils revinrent dans l'après-midi.

Tante Eugénie et Camille les attendaient à l'embarcadère.

« J'ai trouvé non sans peine des appartements, dit M. Darraudel; nous serons un peu plus éloignés du centre de la ville qu'à Schweizerhof, mais fort bien installés cependant.

— Et nous serons servis à table par Arnold », s'écria Alfred, qui s'empressa de raconter comment M. Darraudel avait intéressé le maître du nouvel hôtel à la famille d'Arnold, et comment il avait tout de suite accepté l'enfant. Il était même probable qu'il prendrait aussi Heinrich, qui ne savait pas écrire, mais qui était robuste et, comme son frère, la probité même.

On alla annoncer au pauvre malade la bonne nouvelle. Appuyé sur deux grossières béquilles, il essayait de faire quelques pas devant la porte de son hôtesse, qui était sa parente.

Nulle nouvelle ne pouvait lui être plus agréable que le placement avantageux de ses aînés. Les autres avaient grandi et suffisaient aux soins à donner à Mythen, et non seulement ce seraient deux bouches de moins à nourrir, mais ce bon petit cœur d'Arnold avait déjà employé en imagination, pour ses parents, ses gages futurs et ses gains probables.

Le lendemain, M. Darraudel et ses enfants montèrent jusqu'au chalet pour prévenir la mère de famille et ramenèrent Heinrich, qui devait jusqu'à nouvel ordre remplacer Arnold auprès du père.

Pendant les huit derniers jours, Alfred, pris d'un beau zèle, voulut essayer sur Heinrich ce qui avait si bien réussi pour son frère; mais, au bout de trois leçons, il dut renoncer à lui inculquer les éléments de l'écriture. Heinrich, rouge comme une pivoine, les yeux hors de la tête, le corps agité de tressaillements nerveux, demeurait muet obstinément, et aucun de ces hiéroglyphes ne lui entrait dans la mémoire. Après trois heures de leçon, il ne savait pas tracer un *a*.

Rien que de le voir et de l'entendre pendant qu'on lui faisait endurer ce martyre, jetait Mlle Eugénie dans une sorte de défaillance.

« Renvoyez-moi ce petit gars à son père ou à sa vache, dit-elle: vous vous

épuiseriez en vain, il n'a aucune ouverture d'esprit. »

Elle jugea bon néanmoins de l'employer pour le soin des bagages, et reconnut que ses poignets étaient autrement forts que sa tête. Il parut aussi qu'il ne manquait pas de cœur; car, quand il vit la famille Darraudel monter à bord du vapeur qui l'emportait vers Lucerne, des larmes jaillirent de ses grands yeux par torrents, et il demeura sur l'embarcadère, entre les brancards de la petite charrette à bras qui avait servi à porter les bagages, tant qu'il put apercevoir l'aigrette blanche du chapeau de Camille.

Camille et Alfred, qui avaient puisé généreusement dans leurs bourses pour que le descendant des braves Waldstetten pût être bien nourri en retournant au chalet de ses pères, se faisaient une fête d'en retrouver un à leur petit hôtel de Lucerne.

X

Arnold en habit noir. — Pauvre Heinrich!

Alfred, laissant à sa sœur le soin d'aider tante Eugénie dans le nouveau déballage, monta et descendit les escaliers, alla flâner dans les corridors, sous la véranda et à travers les jardins, espérant rencontrer Arnold.

« On en a fait un marmiton sans doute, vint-il dire à sa sœur, et, affublé

du tablier vert, il languit au fond de quelque cuisine. Il faudra que nous arrivions à savoir à quoi on l'emploie, ce pauvre Arnold. Maintenant qu'il est savant, il ne doit pas être confondu avec les petits va-nu-pieds de l'hôtel. Je le dirai au propriétaire :

« C'est le descendant des vaillants Waldstetten, monsieur. »

Le tintement de la cloche annonçant que le dîner était servi se mêla à l'éclat de rire qui échappait à Camille devant l'animation de son frère.

Ils descendirent dans la vaste salle à manger où étaient dressées trois tables qui se remplissaient de convives.

Le maître d'hôtel, un homme aux yeux ternes et fixes, en habit noir, cravaté de blanc, leur indiqua leurs places, avec sa politesse un peu cérémonieuse. Le potage arrivait fumant, quand tout à coup un éclat de rire mal étouffé attira sur Camille l'attention de sa famille.

« Regardez là-bas, près du buffet », murmura-t-elle, essayant, mais en vain, de reprendre son sérieux.

Leurs yeux se braquèrent de ce côté et ils aperçurent un petit bonhomme enveloppé d'un habit noir dont les basques lui battaient les jarrets. Ses cheveux, bien pommadés, étaient relevés en toupet sur le front, il portait une serviette sur le bras; Arnold, c'était Arnold enfin, métamorphosé en servant de table d'hôte.

Ses yeux brillants étaient aussi fixés sur eux; mais sa physionomie demeura grave. On lui avait déjà inculqué des principes sévères. Néanmoins, il faut le dire, le pauvre petit se précipitait, comme malgré lui, de ce côté, au changement d'assiettes; il se faisait évidemment un plaisir de servir ses bienfaiteurs. Très gêné dans sa démarche par le grand habit, dans ses mouvements par le col raide, il se montra néanmoins très adroit, et tante Eugénie. qui se connaissait bien en service, déclara qu'avant peu il servirait admirablement à table.

« Votre recommandation a fait son effet, Édouard, dit-elle à M. Darraudel; les apprentis fond généralement leur apprentissage au fond des cuisines, et voilà Arnold garçon de salle.

— Il s'est fait, je crois, de subites lacunes dans le personnel, répondit M. Darraudel, et, comme j'entrais dans la salle à manger, le maître d'hôtel m'a prévenu que mon second protégé allait être convoqué la semaine prochaine.

— Oh! que ce sera amusant! dit Alfred.

— Oui, mais l'habit, l'habit? murmura Camille en riant.

— Heinrich est plus grand qu'Arnold, dit Alfred, un habit d'homme lui ira beaucoup mieux.

— Je ne sais si ce petit sauvage d'Heinrich se trouvera heureux ici, remarqua tante Eugénie; il n'aime que la compagnie de sa vache.

— C'est aussi une bien belle vache que Mythen, remarqua Camille.

— Il aura la consolation de la voir en peinture », dit Alfred en tournant les yeux vers le fond de la salle.

Un grand tableau, qui n'était pas sans valeur, occupait le panneau du milieu. L'artiste avait peint une gorge de montagne, un torrent jaillissant et deux belles vaches qui semblaient aspirer la fraîcheur de l'eau avant d'y plonger leur museau.

Arnold avait aussi remarqué cette toile, et, quand il était mis au repos près de la table emplie de piles d'assiettes, son regard allait de ses protecteurs aux deux belles vaches, dont l'une avait la jolie robe gris-souris, les cornes fines et la queue battante de Mythen.

Quand la famille Darraudel quitta la table, Arnold aurait bien voulu échanger, ne fût-ce qu'une parole, avec Alfred; mais il fut appelé par un signe impérieux du maître d'hôtel et se précipita vers une Anglaise à la figure revêche qui renvoyait le potage qu'elle avait demandé, le trouvant trop salé.

Quand il retourna vers le buffet, ses protecteurs avaient disparu; mais il se dit qu'il les reverrait le lendemain et, en cette espérance, il se plongea dans le service, qui avait encore maint secret pour lui.

Les débuts d'Arnold furent de nature à prouver à M. Darraudel qu'il ne s'était trompé ni sur son intelligence, ni sur sa ferme volonté de réussir dans le métier qu'il avait accepté d'essayer.

Certes, le vaste habit flottant, le col trop haut et trop empesé, le toupet en virgule, les souliers vernis qui auraient logé deux pieds comme le sien, ne pouvaient manquer de lui donner un extérieur un peu grotesque; mais son activité, sa mine intelligente, sa patience en firent, au bout de huit jours, un excellent petit serviteur.

Camille et Alfred ayant pris en pitié ses pieds qui nageaient dans les souliers vernis et lui en ayant procuré une paire à sa taille, il n'y eut plus qu'à se louer de son service.

Attentif, adroit, leste, jamais distrait, il obéissait rapidement au moindre signe, devinait ce qu'on allait demander et mérita d'entendre dire au solennel maître d'hôtel, qui promenait par la salle à manger son œil inquisiteur et ses grands favoris noirs tant qu'il s'y trouvait un convive, qu'il était content de ses débuts.

Ce jour-là même, M. Darraudel traita avec le directeur de l'hôtel la question palpitante des gages et déclara à ses enfants qu'il s'était montré fort généreux à l'égard d'Arnold.

« Si Heinrich rejoint Arnold à l'hôtel, ainsi que cela a été résolu, ajouta-t-il, ces deux enfants vont devenir les soutiens de toute leur famille et, cet hiver, la misère n'approchera pas du chalet.

— Heinrich est bien trop sauvage pour consentir à quitter la montagne, prédit Camille; nous ne verrons pas Heinrich ici, papa.

— Le capitaine de l'*Helvetia* a cependant la charge de le ramener demain. dit M. Darraudel; j'ai écrit au cousin de Gersau, qui sait lire.

— Son frère Arnold, qui s'est mis tout de suite au courant, pourra aider ses débuts », ajouta tante Eugénie.

Camille et Alfred, qui partagea son opinion, appuyèrent sur la dissemblance de caractère des deux frères.

Le lendemain, une excursion faite en voiture employa toute l'après-midi et la famille Darraudel n'arriva à l'hôtel qu'au moment où la cloche tintait l'appel à la salle à manger. Alfred, en y entrant, chercha Arnold des yeux.

« Où donc est le petit Suisse? demanda-t-il au maître d'hôtel.

— Monsieur, il est allé chercher son frère, qui est arrivé ce matin et qui n'ose pas se présenter. Il a fait tant de façons pour quitter son costume de berger, que nous avons craint qu'il ne fût pas prêt pour le dîner. »

Alfred courut porter la nouvelle à ses parents, et Camille et lui ne quittèrent guère des yeux la grande porte vitrée, ouverte à deux battants.

Elle donnait sur une sorte d'estrade à laquelle aboutissait le double escalier tournant d'une dizaine de degrés qui descendait dans la salle à manger.

Tout à coup Camille poussa Alfred du coude.

« Les voilà », murmura-t-elle.

Arnold, en effet, marchait gravement, coude à coude avec Heinrich, habillé comme lui, coiffé comme lui, mais rouge, trébuchant et n'osant pas lever les yeux.

Il dut le précéder pour descendre le large escalier du côté où se trouvait la table de desserte.

Tout à coup un bruit épouvantable fit tressaillir tous les convives; puis un éclat de rire étouffé salua la chute d'Heinrich, qui, glissant sur la première marche, venait de s'étendre tout de son long sur le parquet.

Il se releva honteux, effaré, une bosse au front, et se glissa derrière Arnold. dans l'encoignure, où il demeura la tête basse, ses yeux pleins de larmes obstinément fixés à terre, prenant et déposant machinalement sur la table les assiettes que lui passait Arnold.

« Il pourrait bien nous regarder, nous. au moins », murmurait Camille.

Mais Heinrich ne regardait que ce parquet brillant qu'il venait d'embrasser si rudement. Ses larmes coulaient goutte à goutte dans le plat d'épinards qu'il soulevait des deux mains: il avait l'air humilié, il n'osait pas remuer dans cet étrange habit qui flottait sur ses jambes minces; le col empesé et trop large qui enserrait son cou brun semblait faire l'office d'un carcan.

Tante Eugénie et Camille finirent par s'attendrir sur son sort et elles s'ingéniaient à chercher quel genre de consolation elles allaient lui prodiguer, lorsqu'elles le virent disparaître à la suite du majestueux maître d'hôtel.

« Demain je lui parlerai, dit Camille: tante Eugénie, nous descendrons un peu avant les autres pour le dîner et nous renouvellerons connaissance avec lui. Il n'était plus du tout sauvage avec nous dans la montagne. »

Cela posé, on alla arpenter le quai devant le Schweizerhof, où le meilleur orchestre de Lucerne jouait les plus jolis morceaux de son répertoire et il ne fut plus question d'Heinrich.

Le lendemain, une excursion à Alpnach occupa la meilleure partie de la journée. Non seulement Alfred renaissait à la santé, mais il lui venait une exubérance de forces qu'il ne demandait qu'à dépenser. Son séjour dans la montagne l'avait rendu intrépide marcheur, et tous les jours il grimpait le long des flancs d'une des montagnes qui entourent Lucerne comme de gigantesques factionnaires.

Il revêtait pour ces excursions un costume de touriste qui le grandissait et qu'il aurait volontiers porté toujours. Pour la plus courte promenade il se présentait en culotte courte, chaussé de

Heinrich n'osait pas remuer.

gros bas de laine et de souliers ferrés, le chapeau mou posé crânement sur l'oreille, le haut bâton à bec recourbé à la main.

Tante Eugénie en faisait souvent la remarque avec bonheur, ce n'était plus l'Alfred de Paris, le malade de la consultation aux énigmatiques langueurs, c'était l'Alfred d'autrefois, grandi, fortifié, embelli.

Camille prétendait que les prières de tante Eugénie duraient beaucoup plus longtemps depuis Gersau, parce qu'elle les faisait précéder ou suivre d'une litanie en l'honneur du docteur qui, fermant le Codex, abandonnant les remèdes pharmaceutiques, avait fait plonger son neveu dans le bain vivifiant d'une pure atmosphère.

Ce jour-là même, à peine revenu de l'expédition d'Alpnach, Alfred donna une preuve de plus du retour de cette force musculaire que l'anémie avait paralysée.

A peine hors du bateau à vapeur, il se rappela qu'un groupe de touristes anglais, avec lesquels il avait échangé quelques mots la veille, avait dû aller visiter un château fort des environs et, avec la permission de son père, il s'en alla de ce côté, avec une allure à laquelle sa récente excursion n'avait rien ôté de son élasticité.

M. Darraudel, de son côté, prit le chemin du Jardin des Glaciers, sa promenade favorite; tante Eugénie et Camille rentrèrent à l'hôtel.

Tante Eugénie commençait à se livrer à un méticuleux travail de classement au fond des caisses de voyage.

D'abord l'ordre lui faisait une loi de faire disparaître dans ces profondeurs les vêtements défraîchis par le séjour dans la montagne, et puis c'était avec une jouissance secrète qu'elle entamait ces arrangements, synonymes pour elle de prochain départ.

Tante Eugénie, qui se réjouissait de tout son cœur des merveilleux effets produits par le séjour en Suisse sur la santé d'Alfred, n'avait qu'un désir, celui de quitter le pays qu'elle ne pouvait s'empêcher de qualifier d'étrange.

Trouver, chaque fois qu'elle levait les yeux, les montagnes, ces géants immobiles, lui occasionnait une irritation nerveuse. Elle plaçait souvent sa main en éventail devant ses yeux pour voir le lac, rien que le lac, et encore cette étendue bleue n'était guère plus agréable à son regard.

Comme un écolier biffe avec bonheur, sur son calendrier, les jours qui le séparent du temps bienheureux des vacances, tante Eugénie biffait sur le sien les jours qui la séparaient du moment où elle retrouverait des choses à sa mesure, le petit jardin, le petit bassin, le rocher en carton peint, le Neptune en fonte, le tilleul de son beau-frère Auguste.

Il lui tardait même de refaire cet éternel bésigue qui lui avait naguère arraché tant de bâillements.

Dans l'histoire, elle fût volontiers partie en guerre contre les Suisses, des gens de peu, mal habillés, mal logés, mal nourris.

Et si elle n'avait été pacifique avant tout, elle aurait combattu l'enthousiasme d'Alfred, toute sa sympathie étant acquise aux brillants hommes d'armes des armées impériales. C'était pour elle une énigme que ces pâtres eussent culbuté des armées où il y avait des chevaliers, des princes et même des empereurs. Et, ce qui la combla d'étonnement, c'était précisément ce contraste de la force et de la faiblesse qui excitait l'admiration de Camille et d'Alfred.

Tante Eugénie avait les petites idées de son temps, elle avait horreur des grandes passions et des grands sacrifices. Certes il était bien fâcheux d'avoir à jouer le rôle de victimes; mais,

lorsque les circonstances vous y reléguaient, pourquoi venir troubler par la révolte la paix des autres? Ceci lui était d'ailleurs enseigné par son partner au bésigue, qui avait fait du repos, eût-il été acheté par des lâchetés inavouables, le synonyme de béatitude.

XI

Le tableau. — La fuite.

Au retour de l'excursion d'Alpnach, tante Eugénie se plongea donc jusqu'au cou dans les grandes caisses, dont elle ouvrait les couvercles uniquement pour le plaisir de contempler le contenu et pour apercevoir ses robes dans une attitude de voyage.

Camille ne lui tint pas longtemps compagnie, et, voyant du balcon une aimable vieille dame anglaise, leur voisine de table, qui s'était présentée et dont M. Darraudel lui avait permis la fréquentation, arpenter comme promenade la véranda abritée qui formait une sorte de vestibule à la salle à manger et au salon de conversation, elle courut la rejoindre et prit à côté d'elle un siège de bambou.

Elles causèrent quelque temps; mais le courrier arriva, et la dame anglaise, ouvrant les vastes pages du *Times*, n'eut plus d'yeux et d'intelligence que pour sa lecture.

Camille projetait une fuite, quand son attention fut attirée vers la salle à manger par un bruit de pas.

Elle se pencha machinalement, et par l'ouverture de deux rideaux elle aperçut Heinrich sur l'estrade. Il y marchait avec précaution; puis il se mit à monter et à descendre l'escalier, d'abord en se tenant à la petite rampe, puis sans s'appuyer.

Cet exercice accompli, il jeta un coup d'œil autour de lui et, ne voyant personne, il marcha vers le panneau voisin, fait d'une seule glace.

Et là, il se regarda de près, de loin, de la tête aux pieds, dans son habillement d'occasion.

Il marchait tournant la tête à demi pour regarder l'effet de ces deux étranges morceaux de drap qui lui battaient les jarrets.

Camille voyait l'expression triste, maussade, étonnée de sa figure, et s'amusait beaucoup de la petite comédie intime qu'Heinrich avait l'air de jouer pour elle.

Tout à coup elle se leva et, ouvrant brusquement les rideaux, descendit les deux marches qui séparaient la véranda de la salle à manger.

Elle avait vu Heinrich pâlir, lever les bras par un geste désespéré, puis fondre en larmes, sans souci du désastreux effet que produisait cette grosse pluie sur le plastron empesé de sa chemise.

« Qu'avez-vous, Heinrich, qu'avez-vous? demanda Camille avec compassion. Êtes-vous malade? »

Il leva les yeux et la main et, dans un sanglot, prononça un mot : « Mythen ».

Camille avait suivi des yeux le geste du pauvre petit et ils avaient rencontré le tableau du fond, vivement éclairé en ce moment.

« C'est Mythen, c'est Mythen », répétait Heinrich avec des sanglots qui paraissaient sortir du plus profond de son cœur.

Camille, très touchée de son chagrin, essaya de le consoler. C'était vrai, la vache du tableau ressemblait à Mythen, ce coin de la forêt ressemblait aussi à la montagne; mais n'était-ce point une consolation pour Heinrich plutôt qu'un sujet de larmes? Tous les jours il aurait ce beau tableau devant les yeux, tous les jours il verrait Mythen, et le torrent, et les sapins. N'était-ce pas bien consolant?

Heinrich pleurait toujours néanmoins, ses poings enfoncés sur ses yeux.

Camille prit son mouchoir de batiste et essuya le plastron, qui se dégommait à vue d'œil.

Tout à coup Arnold apparut sur la balustrade et appela son frère.

Celui-ci essuya ses yeux du revers de la main, jeta un dernier regard vers le tableau et courut le rejoindre.

Camille remonta toute pensive. Elle avait souvent prédit qu'Heinrich ne supporterait pas la transplantation comme Arnold, et elle éprouvait une grande tristesse de cet accès de désespoir.

Elle conta la scène tout au long à tante Eugénie, qui ne s'attendrit pas.

La petite tante Eugénie ne comprenait pas le vif intérêt que les deux enfants avaient inspiré autour d'elle.

Certainement Arnold était gentil, bien lavé, bien peigné même; mais ce sournois d'Heinrich, avec ses cheveux blonds en broussailles, ses mains calleuses, ses yeux sauvages, ne reconnaissait pas assez les avantages de sa position actuelle.

« C'est un enfant stupide, dit-elle. Ne devrait-il pas se trouver heureux d'être bien logé, bien nourri, bien mis?...

— Oh! ma tante, s'écria Camille, vous oubliez l'affreux habit qui m'a tant fait rire.

— Eh! ma chère, c'est du drap, et je n'ai jamais vu sur les épaules de cet Heinrich qu'une mauvaise blouse déchirée.

— Elle était moins ridicule, ma tante.

— Et était-il mieux chaussé aussi?

— Oh! certainement, car il pouvait courir nu-pieds.

— Écoute, Camille, je ne peux m'expliquer votre sympathie pour des sauvages de cette espèce. Je me demande aussi ce qui peut tant leur plaire dans ces tristes montagnes.

— Ma tante, leur famille d'abord.

— Eh! il faut bien qu'ils gagnent leur vie, ils ne sont pas si éloignés de leurs parents, d'ailleurs. A leur place, je préférerais cent fois un bon hôtel comme celui-ci à leur bicoque dans les mélèzes. La tristesse de ce petit bonhomme est déraisonnable. Il a tout à gagner, rien à perdre.

— Oh si! dit la jeune fille, dont les yeux bleus pleins d'intelligence se fixaient étonnés sur la petite figure poudrée de sa tante.

— Quoi donc, Camille? quoi?

— La liberté, ma tante. »

Tante Eugénie prit son éventail et dit en s'éventant :

« Mon Dieu, Camille, comme tu ressembles à ton père!

— Et j'en suis très fière », répondit Camille, qui passa sur le balcon pour penser à la manière dont on pourrait consoler le pauvre Heinrich.

Quand son père et Alfred arrivèrent, elle leur raconta l'aventure, et M. Darraudel s'engagea à demander, avant leur départ, un congé d'un jour pour le petit garçon.

« C'est une bonne idée, papa, et il sera beaucoup moins triste quand il aura vu Mythen autrement qu'en peinture, dit Alfred en riant.

— Et embrassé sa mère, murmura Camille.

— Et courut nu-pieds, sa blouse sur le dos », ajouta Alfred.

En ce moment on frappa à la porte.

Un garçon se présenta.

« Heinrich n'est-il pas venu vous avertir que le dîner est servi? demanda-t-il.

— Non, répondit tante Eugénie; mais je croyais bien avoir entendu la cloche. »

Ils descendirent dans la salle à manger, et Camille, dans la bonne intention de glisser quelques mots d'amitié à Heinrich, les fit descendre par l'escalier qui touchait à la table de desserte.

Heinrich ne s'y trouvait pas.

Elle appela du geste le maître d'hôtel, qui passait.

« Le frère d'Arnold serait-il malade? demanda-t-elle.

— On ne trouve plus le frère d'Arnold, mademoiselle.

— Ah! mon Dieu, qu'est-il devenu?

— Nous n'en savons rien. Arnold est allé le demander chez un oncle qu'ils ont à Lucerne. Comme il a laissé tous les habits qu'il portait ici, je suppose qu'il est retourné dans sa montagne. »

Il s'en alla, la disparition subite de ses deux nouveaux servants ne laissant pas que de l'embarrasser beaucoup ce soir-là.

Pendant qu'Arnold courait éperdu chez le vieil horloger, avec lequel sa mère s'était découvert je ne sais quelle lointaine parenté, Heinrich, perché comme un chat sauvage au plus profond d'un grand mélèze qui s'élevait au milieu de la cour, guettait ardemment le moment où il pourrait détaler sans attirer l'attention.

Grâce à l'absence d'Arnold, employé au lavage de la vaisselle dans les profondeurs des cuisines, il avait pu monter d'un trait jusqu'à l'espèce de grenier qui leur servait de chambre à coucher et se dépouiller de sa ridicule défroque de garçon d'hôtel.

Ses doigts nerveux eurent des frémissements de plaisir quand il découvrit la vieille couverture à carreaux qui contenait ses misérables habits. Il les revêtit en un clin d'œil, et chercha des yeux le petit miroir d'Arnold pour se regarder coiffé du mauvais bonnet à deux pointes.

A peine s'était-il senti remuer dans ses habits de pâtre, que la fièvre qui l'avait agité tomba comme par enchantement et fut remplacée par la résolution calme et inébranlable de retourner au chalet. Le plus difficile, c'était de sortir de l'hôtel sans être vu. Il y avait toujours des allants et venants, et, comme tous les déserteurs, Heinrich se figurait que, s'il paraissait, tout le monde le reconnaîtrait pour tel et que chacun se ferait un plaisir de lui donner la chasse.

Rester dans ce petit grenier était impossible. On s'apercevrait tôt ou tard de son absence, on viendrait tout droit à leur logis. Descendre les escaliers, traverser les cours fermées, il n'y fallait pas songer.

Heinrich ouvrit sa petite fenêtre. Le mélèze allongeait jusqu'à elle une de ses maîtresses branches. Les chats de la maison, qui batifolaient volontiers dans le vieil arbre, prenaient parfois ce chemin pour s'y rendre. Malheureusement le mélèze était planté dans une cour fermée; mais Heinrich se dit que l'important était d'échapper aux recherches, et que, à la faveur de la nuit et en prenant bien ses précautions, il trouverait certainement une issue plus tard.

Le saut à faire eût été dangereux, mortel sans doute pour tout autre, mais Heinrich en avait fait bien d'autres dans sa montagne. Lorsqu'il se fut assuré que la cour était un moment déserte, il monta sur l'appui de la fenêtre et, prenant son élan, traversa l'espace libre et alla s'accrocher des deux mains à la grosse branche. Un rétablissement le mit à cheval dessus, et il gagna le tronc.

Il était temps : un flot de marmitons traversèrent la cour, et il les entendait prononcer son nom. Collé contre le tronc dans la partie la plus feuillue de l'arbre, il échappait à tous les regards. Il ferma les yeux pour ne pas voir les multiples fenêtres qui lui semblaient autant d'yeux ouverts sur lui, et attendit patiemment l'heure du repas du soir.

Le redoutable maître d'hôtel, dont l'œil fixe et bleu se promenait partout, Arnold, qui devinerait seul le secret de sa cachette, allaient être retenus dans la salle à manger. Quand la cloche sonna, il se risqua à écarter les branches du mélèze et aperçut l'omnibus qui entrait dans la cour. Il suivit des yeux le dételement des chevaux, et lorsque le cocher disparut dans l'écurie à leur suite, il se laissa glisser de branche en branche tout le long du tronc et, traversant la cour au galop, s'échappa par la barrière, restée ouverte.

Il volait plutôt qu'il ne courait, le pauvre Heinrich! Comme il n'avait guère mangé de la journée, son cœur étant trop gros, il sentit, le premier élan passé, qu'il ne pouvait conserver cette allure, et que même un peu de repos lui était indispensable. Il se garda bien de le prendre sur le bord du chemin. Avisant un de ces portiques cintrés qui forment aux petits bateaux un port d'abri au bord du lac, il courut de ce côté, pénétra sous la voûte et alla s'allonger tout au fond d'une grande barque plate, solidement amarrée.

Là, il se prit à respirer et à espérer. Il n'était pas probable que de l'hôtel on voulût courir si loin après lui; or ses transes venaient de la seule crainte de se retrouver en face du maître d'hôtel aux yeux fixes qui lui avait fait revêtir le terrible habit noir dont il se sentait si heureux d'être débarrassé.

Le directeur, un bon gros Allemand, la famille Darraudel, Arnold, ne comptaient pas : le maître d'hôtel était tout pour Heinrich; la nuit d'ailleurs allait protéger sa fuite.

Quand, bien reposé, il se glissa hors de la barque, le lac n'était plus qu'une étendue morne et incolore, et il fallait les yeux d'un enfant des montagnes pour distinguer le chemin qui courait le long de ses bords.

Heinrich, qui avait sa carte topographique tracée au plus profond de sa mémoire, continua sa route sans peur et sans hésitation.

Quand il atteignit Gersau, Heinrich, malgré sa fatigue, bondit de joie. Du clocher tombèrent les douze vibrations de minuit.

Le pauvre petit s'assit sur la marche de pierre d'un hôtel et, arrachant des feuilles du lierre qui panachait le mur tout près de lui, il essuya ses pieds enduits de poussière, de sueur et même de sang. Que lui importait? il était à Gersau. Comme rien ne le tourmentait plus, il s'oublia à regarder complaisamment autour de lui, savourant la douceur du retour à cette liberté dont il lui avait été si douloureux d'être privé.

Bientôt la fraîcheur de la nuit, contre laquelle ses pauvres vêtements le protégeaient mal, vint lui rappeler la nécessité de chercher un gîte.

Il en aurait trouvé à Gersau, chez la vieille parente qui avait soigné son père; mais le désir violent, irraisonné, qui l'avait poussé à fuir de Lucerne, n'avait pas pour objectif Gersau, mais le vieux chalet paternel.

Depuis que Mythen était apparue à Heinrich comme vivante sur le tableau de la salle à manger, son imagination, qui n'était pas vive, avait, tout d'un coup, pris un développement extraordinaire, comme ébranlée par le battement de son cœur.

Devant la clarté intérieure qui rayonnait en lui, Lucerne, les hôtels, les voyageurs, le lac, le maître d'hôtel, Arnold, tout avait disparu, il ne voyait plus qu'une chose : un vieux chalet sous les mélèzes, la femme assise sur les degrés de l'escalier de bois, un enfant dans ses bras, le vieillard à ses côtés, Mythen attachée au pilier et tournant vers eux ses gros yeux et sa bouche pleine d'herbe. Voilà ce qu'il voyait comme en songe, voilà ce qu'il voulait revoir à tout prix en réalité.

Aussi, quand ses nerfs se furent détendus, il se leva et commença l'ascension de la montagne en boitant. Jusqu'au pont sa marche fut aussi pénible que lente. Au delà du pont, il s'était produit naturellement au fond du lit du torrent une sorte de barrage, formé de grosses pierres, et le filet d'eau y séjournait et s'y élargissait avant de se glisser par les fissures.

Heinrich savait ce qu'il trouverait en cet endroit. Il se laissa glisser jusqu'au fond, baigna ses mains, son visage et ses pieds endoloris dans l'eau pure et froide, argentée par la lune. Ces ablutions renouvelèrent ses forces, il se releva de là très ingambe, et une demi-heure plus tard il arrivait devant le chalet paternel.

Il s'arrêta, l'émotion paralysant ses jambes. Son cœur battait avec force, de grosses larmes jaillissaient de ses yeux sans qu'il en eût conscience. Il prêta l'oreille. Nul bruit ne se faisait entendre

dans la pauvre demeure. Nicolas lui-même, le gros Nicolas, qui la nuit faisait quelquefois retentir de ses appels passionnés les solives enfumées, Nicolas dormait paisiblement comme les autres.

Heinrich ne voulut pas troubler le sommeil des siens. Après avoir promené ses yeux humides sur la façade du chalet, touché du doigt les piliers de l'escalier pour se persuader à lui-même que le rêve avait pris fin, il se dirigea vers l'appentis, ouvrit la porte sans bruit et la referma de même.

Mythen, couchée sur de la litière fraîche, ruminait paisiblement, les paupières baissées.

Heinrich entoura de ses deux bras le cou de la belle bête et posa sa tête sur son museau gris. Après cette caresse donnée à l'insensible Mythen, qui continuait de ruminer sans même ouvrir les yeux, il se coucha tout près d'elle sur la bruyère, après avoir murmuré dévotement et à genoux la prière qu'il avait apprise des lèvres de sa mère.

XII

Arrivée de la famille. — L'échange.

A l'hôtel, celui qui s'était le moins inquiété du sort d'Heinrich avait été Arnold. Arnold avait toujours dit qu'Heinrich ne se plairait pas à l'hôtel; mais on avait cru démêler dans cette opinion, qui paraissait hasardée, un sentiment jaloux, que le petit Suisse était incapable d'éprouver.

Le lendemain matin, sur l'ordre du maître d'hôtel aux yeux fixes, il se disposait à écrire l'aventure au chalet, quand Alfred Darraudel arriva comme un ouragan, disant :

« Arnold, ta mère est sur le vapeur qui arrive de Fluelen, et, si la lorgnette ne nous trompe pas, elle n'est pas seule. Elle ramène Heinrich sans doute. »

Arnold n'osa pas donner un démenti à Alfred, mais il hocha la tête. Pourquoi ramènerait-on Heinrich, qui se hâterait de s'enfuir de nouveau?

Camille et Alfred guettaient du balcon le débarquement du bateau à vapeur. Grâce à l'excellente lorgnette de M. Darraudel, ils avaient pu reconnaître sur le pont la mère d'Arnold, qui s'était tenue un instant debout, le visage tourné vers Lucerne.

Ils pariaient pour et contre le retour du petit fugitif.

« Quelle tête Heinrich va faire devant le maître d'hôtel! disait Alfred, qui pariait pour.

— Le maître d'hôtel ne reverra plus Heinrich, affirmait Camille.

— Il n'y tient pas, je suppose, dit tante Eugénie du fond de l'appartement, ni moi non plus. Si ce petit vaurien revient à l'hôtel, ne me l'amenez pas. »

Camille et Alfred abandonnèrent la lorgnette pour protester. Heinrich n'était pas un vaurien; Heinrich était un brave enfant, travailleur, rangé, qui aimait beaucoup sa famille et ses montagnes; Heinrich était un vrai Suisse, qui voulait rester berger et qui préférait sa blouse rapiécée au tablier vert.

« Et nos voyageurs? dit tout à coup Camille interrompant Alfred; nous les oublions pour quereller tante Eugénie. »

Elle se détourna et ajouta en riant :

« Voici Mina sous notre balcon, papa lui parle. Heinrich n'est pas là. »

Heinrich n'y était pas, en effet. La bonne Mina endimanchée, le gros Nicolas sur son bras gauche, parlait à M. Darraudel en s'essuyant les yeux, et, à trois pas derrière elle, se tenait timidement Thilda, revêtue de ses habits les plus propres, et coiffée du petit chapeau suisse si laid sur la tête des vieilles femmes, et si gentil sur les tresses natées très serré de ses cheveux blonds.

Camille et Alfred, d'un commun accord, rejoignirent leur père dans la cour de l'hôtel.

Mina racontait, non sans pleurer, l'odyssée d'Heinrich. Il avait eu la fièvre pendant deux jours et une nuit, et il avait supplié ses parents de le garder au chalet.

Alors le père et la mère avaient pensé à offrir à sa place Thilda, qui était forte et très douce, et qui avait eu beaucoup de chagrin du départ d'Arnold, son frère préféré, auquel elle ressemblait de figure et de caractère. Heinrich avait promis de la remplacer près de Nicolas et de Mythen; Heinrich s'était engagé à travailler pour trois, à la condition qu'on ne lui parlerait plus de quitter la montagne, ni de revêtir un habit noir.

Et la pauvre mère était partie, emmenant Thilda.

« Ceci n'est pas tout à fait la même chose, dit M. Darraudel en souriant de la naïveté de la mère de famille; cependant je tenterai de faire accepter l'échange par le directeur, dont je connais un peu la femme. Thilda serait en très bonnes mains. Autrement, je vous dirais de la remmener à la montagne. Il faut être sûr de l'honorabilité des gens auxquels on confie ses enfants. »

Sur ces paroles, M. Darraudel se dirigea vers le pavillon, qui était la demeure privée du directeur, et Camille et Alfred emmenèrent Mina dans le vestibule.

Arnold sortait de l'office, une pile d'assiettes entre les bras. Il ne perdit

pas la tête, malgré son saisissement, comme l'eût fait Heinrich à sa place en apercevant sa famille; il marcha vers la table, déposa son fragile fardeau et revint se jeter au cou de sa mère, qui n'avait pas fait un pas, se demandant si ce petit personnage bien coiffé, bien cravaté et en costume noir] était bien son Arnold.

Le doute ne subsista pas longtemps, et elle jeta Nicolas sur les bras de Thilda pour serrer à l'aise son fils aîné contre son cœur.

Puis, brisée par la fatigue et l'émotion, elle se laissa tomber sur la banquette du vestibule et Arnold demeura debout devant elle, et elle le dévorait des yeux en répétant :

« Ah ! si le père et le grand-père le voyaient ! »

Un grognement énergique de Nicolas, qui se débattait dans les bras de sa sœur, interrompit cette contemplation.

Le maître d'hôtel apparaissait majestueux sur le seuil de la salle à manger, et, de ses yeux fixes, avertissait Arnold que le service le réclamait.

En ce moment même M. Darraudel arrivait en compagnie du directeur, qui examina en silence la mère et la fille. Thilda avait toutes les peines du monde à empêcher Nicolas de descendre sur le beau tapis, et, dans cette lutte, elle témoignait d'une certaine force de poignets, aussi bien que d'une grande adresse.

« Je vais les conduire à ma femme, dit le directeur à M. Darraudel ; puis nous les ferons déjeuner, et j'espère que tout s'arrangera au gré de votre bon vouloir, monsieur. »

Camille traduisit à Mina le geste qu'il lui adressait, et elle le suivit, la tête tournée en arrière pour voir Arnold plus longtemps.

« Je mènerai Mina à tante Eugénie, dit Camille, et je quêterai pour elle.

— Et moi, je lui porterai Nicolas », ajouta Alfred en riant.

Là-dessus on alla déjeuner gaiement, et à table on essaya d'intéresser tante Eugénie à Thilda. Si elle n'était point acceptée, il serait charitable de lui donner une petite somme d'argent, et, si elle l'était, il faudrait également lui venir en aide pour augmenter sa pauvre garde-robe.

Tante Eugénie, si facile à toucher d'habitude, demeura de pierre et déclara qu'elle n'était pas venue en Suisse pour faire des charités.

En Suisse, d'ailleurs, avait-on besoin de quelque chose ? On se nourrissait si facilement, on s'habillait à si peu de frais.

« Ma tante, dit Camille d'un ton de reproche, je ne vous ai jamais vue refuser d'ouvrir votre bourse. Moi, j'aime mieux donner à de braves gens qui ont horreur de mendier, qu'à des pauvres méchants et paresseux.

— Ma tante, ajouta Alfred plus énergiquement encore, je ne prendrai plus aucun billet à vos loteries ; je ne mettrai plus un sou dans votre bourse quand vous quêterez à l'église. Et je dirai que vous avez le cœur très dur. »

Il n'en fallut pas davantage pour attendrir tante Eugénie.

Elle chercha sa poche d'une main agitée.

« Méchants enfants, vous me tourmenterez jusqu'à mon dernier jour, dit-elle. Mais, dites-moi, si je vous donne de l'argent pour ces Suisses, vous n'aurez pas l'idée d'aller le leur porter. Ce serait me tuer que de retarder notre départ pour Paris.

— Nous demanderons à papa d'aller leur porter le nôtre, dit Alfred.

— Mais il ne le permettra pas. Édouard, vous ne laisserez pas ces enfants retourner à Gersau, n'est-ce pas ?

— Est-ce qu'ils en ont le désir ?

demanda M. Darraudel, qui ne suivait jamais qu'imparfaitement les conversations tenues à demi-voix entre sa belle-sœur et ses enfants.

— Un très grand désir, dit Alfred en lançant à tante Eugénie un regard triomphant.

— Cependant nous pouvons donner à Thilda notre argent, remarqua Camille, qui s'attendrit soudain en voyant sa tante pâlir.

— Certainement », dit tante Eugénie.

Le maître d'hôtel apparaissait majestueux.

Et elle ajouta :

« Vous me tyrannisez, méchants enfants. Combien voulez-vous?

— Papa va prendre des arrangements

avec M. le directeur, dit Camille; nous saurons alors ce qu'il faut donner. »

En effet, après le déjeuner, M. Darraudel alla s'enquérir de la réponse qui lui avait été promise, et il revint apprendre à ses enfants que Thilda était acceptée pour le service intérieur, que la famille ne souffrirait en aucune façon de la défection d'Heinrich.

Cet arrangement, qui n'avait pas été prévu, apporta à chacun des intéressés une joie sans mélange.

Arnold n'osait pas dire à quel point il souffrait de la séparation de sa sœur, avec laquelle il commençait à jouer au professeur. Thilda était au comble du bonheur de se débarrasser du gros Nicolas, qui jouait le pacha et se faisait porter le plus qu'il pouvait; la bonne Mina, qui avait un faible secret pour son robuste Heinrich, se séparait plus volontiers de sa fille aînée, un peu raisonneuse comme Arnold.

Bref, on se sépara joyeusement cette fois, et Mina, en quittant la famille Darraudel, exprima en termes touchants sa reconnaissance et appela toutes les bénédictions du ciel sur ses bienfaiteurs.

« Enfin, la voilà partie! soupira tante Eugénie; et nous, Édouard, quand partons-nous?

— Mais à la fin du mois, comme cela a été convenu, Eugénie.

— Précisez, mon ami. Qu'appelez-vous la fin du mois? Est-ce le 20, le 25?

— Ma tante, s'écria Alfred, pourquoi pas le 10?

— Nous y sommes, mon petit, nous y sommes, et point à Paris, il me semble. Édouard, fixez la date, cela me fera prendre patience.

— Le 31, papa! s'écria Alfred.

— Il n'y a pas de 31. Mettons le 30, Eugénie.

— Le départ, ou l'arrivée à Paris?

— Le départ, papa! s'écrièrent Camille et Alfred.

— Non, l'arrivée à Paris. Vous devenez bien égoïstes, mes enfants. Cette bonne tante Eugénie a sacrifié, pour nous accompagner, sa famille, ses habitudes, presque sa santé, et vous lui marchandez les jours. Croyez d'ailleurs que je suis aussi pressé qu'elle peut l'être de retrouver ma maison, et surtout de faire admirer la mine d'Alfred. Le reconnaîtra-t-on, Eugénie? »

Tante Eugénie toisa Alfred du regard, et ses yeux se mouillèrent. « Non, dit-elle, oh non! Auguste ne le reconnaîtra pas. Ce voyage a opéré un miracle. Mes chers enfants, nous ne partirons que le 31, si vous le désirez. »

Camille et Alfred protestèrent à leur tour; il y eut un combat de générosité, on finit par s'embrasser et M. Darraudel, en dernier ressort, choisit le 30 août. Il y avait trois mois presque jour pour jour qu'ils avaient quitté Paris.

XIII

Toujours peureuse! — Une dernière excursion.

Alfred, mis en goût par les excursions, suppliait tous les jours son père de ne pas quitter la Suisse sans faire l'ascension majeure dont tous les voyageurs parlaient avec enthousiasme, celle du Righi.

M. Darraudel n'y voyait aucun inconvénient; mais tante Eugénie le suppliait également, avec une énergie désespérée, de ne pas céder aux désirs de son fils.

Cette fatigue, assurait-elle, était tout à fait au-dessus des forces d'Alfred, et qui sait quels accidents pourraient arriver!

Ne se souvenait-il plus de cet effrayant orage sur les montagnes, et de cet écroulement plus effrayant encore?

Que s'en était-il fallu pour qu'ils eussent été engloutis? Un rien. S'ils avaient eu la malheureuse idée de descendre jusqu'au chalet d'Arnold ce soir-là, c'en eût été fait d'eux.

Elle mourrait sûrement d'inquiétude pendant la journée qu'ils consacreraient au Righi. N'y avait-il pas des gens qui avaient des saignements de nez affreux sur ces hauteurs? D'autres qui, pris de vertige, dégringolaient le long des flancs de la montagne?

Il fallait être fort pour grimper à de pareils sommets, faits pour les ours et les chamois.

Les montagnes étaient bien assez belles vues d'en bas, et on pouvait s'acheter des cannes sur lesquelles était gravée cette inscription : *Righi Kulm*, ce qui sauvegardait l'amour-propre des gens qui tenaient à laisser croire qu'ils étaient montés jusque-là.

Alfred ne se lassait pas de battre en brèche tous ses raisonnements.

« Mais on dirait que vous ignorez qu'il existe un chemin de fer, ma tante, dit-il un jour où la question se débattait de nouveau; on monte au Righi sans fatigue, sans danger et la dégringolade n'est pas possible.

— Un chemin de fer! Mais c'est une raison de plus pour que la tête et le cœur tournent. Je permettrais plus volontiers qu'on y allât sur ses pieds.

— Tous les jours il part de l'hôtel des gens bien portants qui montent au Righi. Ils en descendent également bien portants.

— Ces gens-là sont Anglais ou Américains, c'est-à-dire prêts à tout faire pour se délivrer du spleen.

— Ce sont des Français, ma tante.

— Des hommes faits alors, des gens cuirassés contre les horreurs de tout genre.

— Du tout, des enfants, des jeunes filles.

— Tante Eugénie, je ne comprends pas vos terreurs. Si vous veniez avec nous, elles s'évanouiraient. »

Tante Eugénie prit un air grandiose et répondit :

« Alfred, j'ai montré assez de courage. J'ai passé des tunnels à n'en plus finir, j'ai habité une maison en bois qui claquait à tous les vents, j'ai traversé des ponts qui étaient comme des fils; mais je ne m'embarquerai jamais dans un chemin de fer qui doit être attaché comme une échelle contre cette montagne, non jamais! S'il venait à se décrocher, mon Dieu! mais rien que l'idée fait glacer le sang dans les veines.

Il faut venir ici pour voir des chemins de fer de cette espèce.... D'abord en est-ce bien un? J'ai monté une fois par un funiculaire à Turin. Cela a duré deux minutes. Je ne souffrirai pas davantage à l'heure de ma mort. Un funiculaire! Mais c'est l'horreur des horreurs!

— C'est un chemin de fer, un vrai chemin de fer qui monte au Righi, s'écria Alfred. Je vais vous en donner l'explication. »

Il courut chercher un des livres de voyage annotés par lui.

Il lut non sans emphase :

« Du sommet du mont Righi on aperçoit la vue la plus superbe de la Suisse. L'accès de ce sommet est facilité aux voyageurs par un chemin de fer qui leur permet de s'y rendre à toute heure. »

« Vous entendez, ma tante, chemin de fer. »

Et il reprit :

« Ce chemin de fer est construit d'après le système dit à crémaillère. Entre les deux rails proprement dits, qui ont le même écartement que sur les lignes ordinaires, se trouve un large rail denté, c'est-à-dire deux barres posées l'une près de l'autre et réunies par de fortes tiges en fer placées à intervalles égaux de manière à former des crans. La locomotive de son côté est munie en dessous d'une roue à dents qui s'engrène dans les crans et fait seule avancer le train. »

« Est-ce clair? dit Alfred en s'interrompant de nouveau. Vous voyez cela d'ici, tante Eugénie.

— Je ne vois absolument rien, dit-elle. Je n'ai pas assez d'imagination pour me représenter des choses aussi extravagantes.

— Ma tante, dit Alfred en fermant le livre avec humeur, comme vous ne voulez rien écouter que votre peur, je sacrifierai mon expédition au Righi puisque vous le voulez absolument, mais j'en aurai du regret, et vous aussi. »

Et il sortit de l'appartement à pas précipités.

M. Darraudel, qui n'avait pas quitté son journal des yeux pendant cette discussion, l'abaissa sur ses genoux et se tournant vers Mlle Eugénie :

« Ma chère Eugénie, dit-il, permettez-moi de vous dire que vous contrariez Alfred bien mal à propos cette fois. Raisonnons un peu. Voilà un enfant que nous avons amené en Suisse dans un pitoyable état. L'air pur, l'alimentation saine, l'exercice l'ont guéri, il me semble.

— Certainement, Édouard; grâce à Dieu, Alfred se porte très bien.

— Non seulement il se porte bien, mais il y a chez lui une accumulation de forces qu'il a besoin de dépenser. Vous avez toujours l'air de vouloir le tenir en lisière, ce qui ne peut lui convenir dans son état actuel. Voilà trois jours que, sous un prétexte ou sous un autre, vous le gardez à l'hôtel. Il s'est laissé faire docilement, et maintenant que cette ascension du Righi le tente, vous vous y opposez.... Que diable! il vous l'a dit, tous les jours il part des gens pour le Righi, et tous les jours il en revient. Votre pusillanimité grandit à mesure que nous approchons du moment de notre départ.... Je n'ai pas voulu me mêler à la discussion que vous venez d'avoir avec Alfred; mais lui refuser une partie de plaisir très saine dont il a très grande envie, sous prétexte que le chemin de fer à crémaillère vous fait peur, n'est-ce point un peu déraisonnable?

— La peur ne se raisonne pas, Édouard, répondit la pauvre petite tante Eugénie d'un ton plaintif. Je vous assure que je n'ai point du tout l'intention de contrarier Alfred. Seulement je le trouve hardi, imprudent même, et je crains qu'il n'excède ses forces. Cependant, si vous croyez que cette ascension au Righi doit lui être permise, je laisserai faire.

— Vous ferez mieux, vous viendrez avec nous.

— Édouard, s'écria tante Eugénie, n'exigez pas cela de moi, je vous en conjure! J'aurai le vertige, je tomberai de wagon ou je roulerai dans les précipices.

— On y mettrait bon ordre, dit M. Darraudel en riant; mais rassurez-vous, on n'exige pas tant de vous. Voici ce que je propose : Nous irons tous jusqu'à Vitznau, où est le garage du chemin de fer. Si le cœur vous en dit à

Le Righi, vu de Lucerne.

vous et à Camille, vous monterez, sinon vous resterez nous attendre et vous nous verrez revenir sains et saufs.

— Que Dieu vous entende, Édouard! mais je me prépare des heures pleines d'angoisse. Je les subirai, s'il le faut.... Camille, veux-tu aller chercher ton frère? »

Camille courut à la recherche d'Alfred et le ramena par le bras.

« Tante Eugénie, il vous en veut, dit-elle en riant. il refusait de paraître devant vous. »

Tante Eugénie courut à Alfred et, lui prenant les deux mains : « Mon enfant, dit-elle, ton père arrange la partie du Righi pour demain. Tu m'emmèneras, n'est-ce pas?

— Oui, ma tante, oh oui!

— Mais pas jusqu'au sommet, mon ami. J'irai jusqu'à Vitznau seulement; je ne monterai pas dans la *crémaillère*, tu n'exigeras pas cela.

— Ni même dessus, si vous voulez. Papa, vous viendrez avec moi. »

M. Darraudel inclina la tête en signe d'assentiment et reprit la lecture de son journal.

« Camille, dit Alfred, viens donc voir la carte en relief que j'ai chez moi. Notre chemin y est tout tracé et nous saurons les noms des stations à l'avance. »

Ils sortirent et tante Eugénie passa sur le balcon. Elle étouffait un peu. Son ennemi le Righi était là à sa gauche, colossal, couronné de nuages magnifiques.

Tante Eugénie lui montra le poing.

« Oh! murmura-t-elle, c'est bon pour une fois, et encore; il se pourrait bien que tous les nuages qui sont là fondent en pluie demain; mais avec quel bonheur je tournerai le dos à toutes ces horreurs! »

XIV

Ascension vers les sommets.

Un soleil superbe vint le lendemain matin détruire les dernières espérances de tante Eugénie.

Les préparatifs furent promptement faits, et la famille Darraudel gagna le vapeur, qui se remplissait de passagers.

Tante Eugénie était toute gémissante: elle avait bien espéré ne plus remettre le pied sur ces bateaux qui ne lui plaisaient guère, vu son amour immodéré pour le plancher des vaches. Mais rester à l'hôtel avec l'imagination obsédée par toutes sortes de visions effrayantes n'était pas possible non plus, et elle embarqua, après avoir reçu de M. Darraudel la promesse que cette expédition serait la dernière.

Camille et Alfred étaient au contraire fort gais et la conversation ne tarissait pas entre eux. Alfred, une carte à la main, nommait à sa sœur les montagnes et jusqu'aux moindres petites choses.

Camille lui confia qu'elle serait enchantée de monter au Righi, mais qu'elle se faisait un devoir de ne pas quitter sa tante.

La tente en coutil rouge qui couvrait tout l'arrière du vapeur les préservait du soleil, et le voyage se fit le plus agréablement du monde.

A Vitznau le bateau stoppa et une grande partie des voyageurs descendirent. Le moment fatal arrivait. M. Darraudel entraîna tante Eugénie jusqu'à la petite gare, située à quelques pas seulement de la station des bateaux.

Les wagons étaient là, posés sur leur crémaillère. Ils se remplissaient rapidement.

M. Darraudel donna de nouvelles explications à tante Eugénie, qui regardait alternativement cette locomotive qui se panachait de fumée et les flancs de l'énorme montagne qu'elle se disposait à gravir.

Quant Alfred monta auprès de son

père, Camille vint prendre le bras de sa tante, qui tremblait de tous ses membres.

« Mais voyez donc, ma tante, que de voyageurs! disait-elle pour l'arracher à ses idées noires; il y en a de tous les âges, de toutes les nations, et pas un visage n'est inquiet. Croyez-vous que tous ces gens-là risqueraient leur vie uniquement pour embrasser d'un regard la chaîne des Alpes?

— Il y a des gens qui aiment à affronter le danger pour le danger, Camille, répondit tante Eugénie d'une voix caverneuse, et ton frère sera de ceux-là. Il était joliment plus facile à conduire quand il était malade.

— Je suppose que vous ne regrettez pas ce triste temps, ma tante.

— Oh non! oh non! Mais j'ai bien envie de quitter cet étrange pays. Est-ce que les wagons bougent?

— Non, on fait seulement machine en arrière. C'est une manœuvre.

— Mais pour le retour cette machine n'ira-t-elle pas trop vite?

— Non, non, soyez tranquille. Vous avez donc oublié les explications de papa? On monte à l'aide de la vapeur, et pour descendre, comme il faut régler la vitesse, on se sert de l'air introduit dans les cylindres. Mais je crois que j'aimerais mieux monter que descendre. »

On part, on est parti.

Camille agita son ombrelle en réponse au salut que lui adressait Alfred.

Tante Eugénie suivait machinalement des yeux le train qui marchait lentement.

« Ne le verra-t-on plus? dit-elle quand il disparut derrière un monticule.

— Je crois que si. Il est bien tôt pour déjeuner. Faisons une promenade dans ce joli chemin là-bas, nous apercevrons certainement la fumée de la locomotive et cela vous persuadera qu'elle suit tranquillement son parcours. »

Elle entraîna sa tante vers un joli sentier planté de beaux arbres qui

montait par une pente insensible. De temps en temps elle se détournait pour interroger du regard les flancs du Righi.

« Les voilà, les voilà! » dit-elle tout à coup. Tante Eugénie se détourna. A une assez grande hauteur on apercevait un petit objet noir qui se glissait à travers les troncs d'arbres. L'épais panache de fumée qui montait doucement dans la pure atmosphère, ne laissait subsister aucun doute.

« C'est ça le train? s'écria tante Eugénie; et à cette hauteur il ne va pas vite, heureusement. »

Il y eut encore de ces apparitions; puis tout disparut.

Camille conduisit sa tante jusqu'au bout du chemin qui, après un grand circuit, se glissait vers le lac. Tante Eugénie le trouva dangereux lorsqu'il s'amincit entre des roches immenses et la superbe nappe d'eau, et elle pria Camille de reprendre le chemin de de Vitznau.

Lorsqu'elles arrivèrent à l'hôtel, la table d'hôte était au complet; mais par ce beau temps déjeuner en plein air était un vrai plaisir.

Camille choisit une table placée tout contre la balustrade qui courait le long de la terrasse, et tante Eugénie s'assit de façon à tourner le dos à ce beau lac, qu'elle n'aimait point.

Le déjeuner, fort mauvais, lui donna une occasion de renouveler ses critiques contre la Suisse.

On n'avait pas l'idée d'une pareille cuisine.

Ces misérables petits poissons d'une fraîcheur douteuse avaient-ils quelque rapport avec les belles truites dont les guides parlaient, et que pour son compte elle n'avait jamais rencontrées sur les tables d'hôte. Et comme on rançonnait les voyageurs! Et comme ces filles qui servaient avaient l'air hardi et étaient singulièrement accoutrées!

« J'aime encore mieux Gersau, disait-elle; au moins les femmes portent leur costume national et ne sont point arrangées comme les servantes d'un restaurant parisien. Cette Suisse est extraordinairement surfaite.

— Mais la nature, disait Camille, vous ne pouvez pas dire qu'on escamote les beautés naturelles que nous admirons?

— Les beautés naturelles sont ici trop sauvages, riposta tante Eugénie avec entêtement. Quand il faut aller chercher ses points de vue à je ne sais combien de mètres d'altitude, le charme est rompu.

— Vous n'avez pas une ombre de poésie dans l'âme, ma tante. »

Tante Eugénie regarda Camille avec une surprise qui n'était pas jouée.

« La poésie, dit-elle, qu'est-ce que cela? Ce que je trouve poétique, ma chère enfant, c'est d'être bien confortablement assise dans sa maison qui ne laisse point passer les courants d'air, c'est de se promener dans les allées bien unies et bien ratissées d'un jardin où il n'y a pas de ces masses écrasantes de rochers. Voilà ma poésie à moi, ma chère; mais je n'ai jamais été aventureuse et je ne suis plus jeune.

— Et quand vous étiez jeune, ma tante, pensiez-vous ainsi? demanda Camille curieusement.

— Absolument, et lire des vers m'était un supplice.

— En ceci je ne vous ressemble pas.

— Oh! toi et Alfred, vous avez les goûts de votre père, qui est, il faut le dire, très intelligent.

— Et très bon.

— Très bon. Ta pauvre mère était un peu dans son genre; c'est pourquoi il l'a choisie parmi nous, qui étions une famille très pot-au-feu.... Quelle heure est-il? Ne serait-il pas temps d'aller au-devant d'eux?

— Pas encore, dit Camille en souriant. Mais il y a bien des choses à voir à Vitznau, ma tante. L'église paraît belle et nous pourrons acheter quelques souvenirs dans la boutique en plein vent placée près de la gare.

— Tu as raison. Malgré tout, je me sens dévorée par l'inquiétude et marcher me fera du bien. »

Tante Eugénie se leva et suivit docilement sa nièce, qui la conduisit d'abord à l'église, où elle essaya, mais en vain, de se recueillir dans la prière.

Puis on rendit visite au petit magasin qu'alimentait la clientèle étrangère des voyageurs qui montaient au Righi.

Là étaient étalés tous les menus objets dus à l'industrie du pays : chalets en miniature, couverts et timbales en corne, porte-plumes, crayons, cannes, dans lesquels s'incrustait un verre liens, poupées habillées des costumes nationaux, alpenstocks de toute couleur et de toute grandeur.

Le chemin de fer du Righi.

microscopique par lequel apparaissait une vue quelconque de la Suisse; coffrets, nécessaires en bois surmontés d'ours ou d'isards; horloges rustiques comme il s'en vend boulevard des Italiens, poupées habillées des costumes nationaux, alpenstocks de toute couleur et de toute grandeur.

Il y avait là, en petit, un aperçu de tout ce que renferment les très beaux magasins de Lucerne et de Zurich, avec cette différence que la pendule monumentale où s'agitait une chasse animée due au ciseau d'un artiste, était remplacée par le petit coucou sculpté par une main novice.

Tante Eugénie avait un faible pour les boutiques. Elle fit la revue de celles de Vitznau et commença une série d'achats qui lui demandèrent une grande attention.

Le calepin à la main, elle marquait l'objet, le prix, et le nom de la personne à laquelle le souvenir était destiné.

Une belle boîte à jeux échut au cousin Auguste, après la présence duquel elle avait bien souvent soupiré.

Qu'était le léger ennui d'un bésigue interminable auprès des multiples incidents d'un séjour dans la montagne? Rien assurément.

Aussi le plus bel objet de cette boutique en plein vent fut-il acheté pour lui.

« Évidemment, ma tante, c'est le nom de mon oncle Auguste que vous inscrivez en regard de cette boîte à jeux, dit Camille, qui l'avait engagée de toutes ses forces à compléter ses achats à Vitznau, convaincue qu'une fois lancée dans les calculs obligatoires de tout genre, tante Eugénie supporterait l'attente plus patiemment.

— C'est pour lui, répondit tante Eugénie : le pauvre Auguste n'a que cette faiblesse, et elle est bien innocente. Sa femme m'écrit qu'il ne peut se consoler de mon départ et qu'il se demande si je reste pendant tout l'automne en Suisse pour être plus sûre d'être ensevelie dans une avalanche. Ce n'est pas lui qui ferait un voyage comme celui-ci. D'abord les sommets lui donneraient le vertige et l'asphyxieraient; puis il est trop lourd pour se transporter de droite et de gauche en touriste. Il a douté de mon départ jusqu'au dernier moment, et il avait parié avec sa femme qu'il me ramènerait de la gare. Il a d'ailleurs fait ce qu'il a pu pour cela. Il me prédisait qu'Alfred ne reviendrait pas vivant, et il attend pour croire à sa guérison qu'il paraisse en chair et en os devant lui.

— Et pour qui ce petit chalet, ma tante?

— Pour ma propre personne. Si jamais quelqu'un voulait m'entraîner à un second voyage, un coup d'œil sur cette maisonnette en bois suffirait pour me rappeler les terreurs que j'ai éprouvées au Chalet Rouge.

— Vous en ferez un bibelot d'étagère?

— Précisément.

— Et cet énorme alpenstock, ma tante. Pour qui?

— Devine.

— Je ne peux pas deviner, mon père et Alfred en ayant une provision.

— Eh bien, c'est pour mon cousin Auguste.

— Vous plaisantez, ma tante! s'écria Camille en riant.

— Je ne plaisante pas. Depuis qu'il devient asthmatique, Auguste rêve de longues promenades... qu'il fait dans son petit jardin. Il sera très flatté de se voir traité en touriste, en vrai touriste, et je le vois arpentant son jardinet, dont il fera, dit-il, une petite Suisse, cette belle canne à la main. Il faut toujours flatter les manies des gens dans les cadeaux qu'on leur fait. Pose cette canne près de la boîte à jeux. Cette bonne idée m'est venue ici. A Lucerne je ne l'avais jamais eue.... Eh bien! pourquoi cours-tu de ce côté?

Camille avait fait rapidement quelques pas à gauche de la boutique.

Elle agita la main vers sa tante.

« Les voici, les voici! » dit-elle.

Tante Eugénie laissa tomber son calepin et la rejoignit.

Le train descendait la première rampe.

« A la gare, à la gare! dit tante Eugénie, je ne puis en croire mes yeux. »

Elles se rendirent à la gare, où elles arrivèrent en même temps que le train.

Alfred s'élança le premier hors des wagons et accourut vers sa tante, la canne levée en signe d'enthousiasme.

« Eh bien, eh bien! demanda tante Eugénie après l'avoir serré dans ses bras, ce Righi?

— Magnifique! admirable! s'écria Alfred; vous n'avez pas idée de cela, ma tante. Deux cents lieues de pays sous vos yeux, des neiges éternelles en masse, des prairies de velours, un ciel! un horizon! des espaces! une altitude! Un rêve enfin! un rêve de beauté et de grandeur!

— Les rêves! les rêves! dit tante Eugénie avec un léger haussement d'épaules, c'est aller rêver bien haut. Une question plus pratique : As-tu déjeuné? as-tu fait déjeuner ton père?

— Mais sans doute, ma tante.

— Vous avez dû faire un maigre repas au-dessus des nuages.

— Excellent, ma tante, exquis.

— Mon Dieu, Alfred, les sommets te portent à la tête. Tu ne parles plus des horizons, n'est-ce pas? C'est du déjeuner que je t'entretiens en ce moment.

— Et c'est du déjeuner que je dis : excellent, exquis. N'est-ce pas, père, que nous avons très bien déjeuné là-haut?

— Très bien, répondit M. Darraudel; vous eussiez dû nous accompagner, Eugénie.

— Alors vous êtes prêts à repartir, dit tante Eugénie précipitamment.

— Nous sommes aux ordres du premier vapeur qui fera escale.

— Voici le *Wilhelm Tell*, s'écria

Camille, qui avait détourné machinalement les yeux vers le lac.

— Courez à l'embarcadère, s'écria tante Eugénie, je vais payer tous mes achats et les prendre; mais allez en avant, je vous en prie, je serais désolée de manquer ce bateau. »

M. Darraudel et ses enfants lui obéirent et elle les rejoignit bientôt, enchantée de quitter Vitznau.

« Vous voyez bien, Eugénie, qu'il n'y avait nul inconvénient à permettre cette excursion à Alfred, dit M. Darraudel à sa belle-sœur en la prenant à part. Êtes-vous guérie de vos craintes?

— Édouard, s'écria tante Eugénie, méditez-vous quelque autre projet insensé?

— Non, ma chère, non, uniquement parce que nous n'avons plus le temps de rien organiser.

— Cette parole est le meilleur remède à mes inquiétudes », répondit en riant tante Eugénie.

XV

Épilogue.

Le train de Bâle vient d'arriver dans la gare de Lucerne. Il y a peu de voyageurs en cette saison, et l'animation qui règne dans la gare et autour de la gare est certainement factice. Ceux

qui remplissent les salles à l'heure des trains principaux, ce sont les hommes à casquette galonnée au fronton de laquelle est écrit le nom de l'hôtel auquel ils appartiennent; il y a dans la cour une superbe rangée d'omnibus, mais ils arrivent à vide à la station et ils retournent à vide. Cela est admis. Les voyages se font régulièrement et plusieurs fois par jour, uniquement pour ne pas faire perdre aux chevaux l'habitude des évolutions dans la cour de la gare. Le train siffle, les portes s'ouvrent, il y a peu ou point de voyageurs. Le garçon qui flâne par les salles remonte dans son omnibus et, fouette cocher, il s'en retourne philosophiquement comme il était venu.

Le très bel hôtel de Schweizerhof avait seul le privilège d'apercevoir quelques voyageurs dans son grand omnibus même quand la saison n'était pas ouverte. Les autres hôtels savaient que personne ne réclamerait leurs services.

Ce lundi de la Pentecôte, il fallut que le cocher de l'hôtel du Grand-Site s'entendît appeler deux fois pour en croire ses oreilles.

Et cependant c'était bien le Grand-Site que réclamait en français un beau jeune homme blond qui portait avec élégance la petite tenue de l'École polytechnique.

Derrière lui se montrait une jeune femme appuyée sur le bras de son mari.

« Alfred, dit-elle avec un charmant sourire, Edmond affirme qu'il n'y a qu'un hôtel à Lucerne : Schweizerhof; mais nous tenons pour le Grand-Site, n'est-ce pas?

— Certainement. Tu n'as donc rien dit à ton mari, Camille?

— En ai-je eu le temps? Tu arrives, nous arrivons, et après un mois de séparation nous avons tant de choses à nous dire. J'ai seulement déclaré à Edmond que nous descendrions au Grand-Site.

— Et Edmond craint l'hôtel de second ordre. Mon cher, c'est à tort. Ou nos souvenirs, à Camille et à moi, nous servent bien mal, ou le Grand-Site est un hôtel très confortable.

— Mon père est de cet avis, dit la jeune femme, et son opinion fait loi.

— Et tante Eugénie s'y est bien trouvée, ajouta le jeune polytechnicien, et cela dit tout, mon cher Edmond. »

Sur ces paroles, dites gaiement, il courut vers l'homme d'équipe chargé d'une malle qu'il reconnaissait comme lui appartenant.

M. Edmond conduisit la jeune femme à l'omnibus, la fit monter et s'assit près d'elle en disant :

« Votre frère est né voyageur, ma chère, je ne connais personne capable de se mieux tirer d'affaire.

— Il a, en effet, deux qualités contraires, remarqua la jeune femme : mon père lui a donné son activité, la promptitude de son coup d'œil pour tout organiser rapidement, et tante Eugénie l'a initié aux plus méticuleux détails. »

Elle se pencha vers la portière et ajouta :

« Voilà Alfred en conversation avec le cocher. C'est peut-être le même qu'il y a sept ans; moi, je ne fais pas attention à ces choses, mais Alfred s'intéresse à tout. Il est très bien dans son uniforme, n'est-ce pas, Edmond?

— Très bien, répond complaisamment le mari, qui est très bien lui-même, quoique de petite taille et moins élégant qu'Alfred; il a presque atteint la taille de votre père, Camille, et certainement hérité de sa robuste santé.

— Vous ne le connaissez que depuis son entrée à l'école? Si vous l'aviez vu dans sa quinzième année! On l'a cru perdu. Mais vous savez tout cela, on vous a tout conté.

— Tout, c'est beaucoup dire; il n'y a que six semaines que j'ai le bonheur et l'honneur de faire partie de votre famille, et je puis dire que tous les jours votre correspondance m'apprend du nouveau. »

Camille ne l'écoutait plus, elle changeait de place pour permettre à son frère de faire son entrée.

« Ce cocher est stupide, dit-il en se laissant tomber sur les coussins, il ne comprend pas un mot à ce que je demande et je me flatte de parler allemand très clairement. Donc je ne suis pas plus avancé que toi, Camille, sur notre ancien hôtel.

— Il n'a rien dit d'Arnold?

— Je crains qu'Arnold ne soit pas resté au Grand-Site. Arnold y est inconnu.

— Cependant c'est, je crois, en son honneur que vous faites une halte à Lucerne, dit M. Edmond.

— Eh quoi! nous arrivons déjà?

— Il me semblait aussi que le Grand-Site était plus éloigné de la gare, dit Camille; il y a toujours quelque chose d'incomplet dans les souvenirs. »

Elle descend à la suite d'Alfred, qui a sauté le premier à terre.

Un monsieur de forte corpulence, qui a de longs favoris noirs, des yeux bleuâtres au regard terne et fixe, les attend sur le seuil de la porte.

Alfred se détourne vers sa sœur et murmure : « Le maître d'hôtel ».

Camille sourit, ils entrent et demandent le directeur.

Le monsieur qui les a reçus s'incline et dit : « C'est moi.

— Nous voudrions des chambres au premier. »

Le directeur se tourne vers une jeune fille blonde et mince et dit :

« Les numéros 20 et 22. Conduisez madame.

— Un instant, remarque M. Edmond, nous mourons de faim; faites-nous servir à déjeuner, je vous prie. »

Le directeur montre d'un geste la porte de la salle à manger et dit :

« Appelez le maître d'hôtel. »

Le maître d'hôtel arrive. C'est un jeune homme de taille moyenne, qui a des favoris blonds et grêles et une mise d'une correction parfaite.

Il s'incline devant les voyageurs,

ouvre la porte de la salle à manger et les y précède.

« Un petit renseignement, dit Alfred pendant que son beau-frère étudie le menu qui vient de lui être présenté, êtes-vous ici depuis longtemps? Le petit Arnold de Gersau n'est donc pas resté à l'hôtel du Grand-Site? »

Le maître d'hôtel laisse tomber la serviette qu'il tient à la main.

« Arnold Wergarten, monsieur?

— Peut-être. J'ai oublié son nom de famille. »

Le maître d'hôtel rougit d'émotion et saluant la jeune femme :

« Mademoiselle Camille! dit-il.

— Vous me connaissez?

— Je suis Arnold. »

Ce brillant maître d'hôtel, bien coiffé, bien cravaté, dont les regards sont des ordres, qui fait mouvoir un bataillon de garçons et de marmitons, c'est Arnold! le petit marchand de fleurs, l'élève d'Alfred!

Les Darraudel sont muets d'étonnement. Et lui donc! Il n'a pas reconnu sous l'uniforme le frêle garçonnet qui est arrivé si pâle à Gersau. Et cette jeune femme au visage riant, à la taille souple et forte, c'est la jeune fille qui dessinait devant lui les lettres de ce mystérieux alphabet qu'il s'agissait de reproduire.

L'histoire d'Arnold était de toute simplicité.

Il avait fait vaillamment son service, il s'était instruit, et au changement de direction il avait été nommé maître d'hôtel. Ses frères et ses sœurs étaient tous employés sous ses ordres.

Le jeune garçon qui apportait les plats, c'était Wilhelm; le portier qui les avait reçus à la descente de l'omnibus, c'était Oswald; la femme de chambre blonde, c'était Thilda, et le petit groom qui leur porterait leur courrier, c'était le gros Nicolas, très intelligent et très actif.

Le grand-père était mort, et les parents vivaient dans le vieux chalet, avec Mythen.

« Et Heinrich? s'écria Alfred; avez-vous fait quelque chose d'Heinrich, Arnold? »

Arnold sourit et dit quelques mots à voix basse à Oswald, qui disparut.

Presque aussitôt un soldat de taille gigantesque, en uniforme gris et rouge, coiffé du petit chapeau à deux visières, plus montagnard que guerrier, se montra dans l'embrasure de la porte et sur l'invitation d'Arnold descendit lourdement les degrés de cet escalier sur lequel Heinrich, en habit noir, avait si bien roulé le premier jour.

Ce soldat aux épaisses moustaches, au teint basané, aux membres musculeux, c'était Heinrich.

Lui non plus n'avait pas oublié les Darraudel. Il leur apprit que, son service fini, il retournerait au vieux chalet, auquel les économies d'Arnold avaient attaché un bon lot de bois et de forêt.

Ses goûts n'avaient point changé, la montagne était toujours ses amours et il était bien décidé à ne jamais la quitter et à y vivre indépendant et dans les habitudes simples de ses ancêtres, les pâtres de Waldstetten.

Grâce à cette nichée de petits Suisses retrouvée au Grand-Site, M. et Mme Dambert et Alfred Darraudel, qui devaient passer un jour à Lucerne, y séjournèrent trois semaines.

Naturellement, dans leur correspondance de famille, Alfred et Camille parlèrent des enfants de la montagne et contèrent avec détails leur métamorphose.

M. Darraudel, qui vivait seul à la campagne, ne demandant plus à la Providence d'autre bonheur que celui de voir ses enfants heureux, s'intéressa vivement à ses anciens protégés et dans ses réponses il ne laissa pas échapper l'occasion de faire remarquer que le bien comme le mal se sème et donne aussi sa moisson.

Le cousin Auguste avait un goût effréné pour le bésigue.

Ils connaissaient leur père, ils ne s'étonnèrent pas de l'intérêt que lui, l'homme de science, l'homme du monde, continuait à porter à des gens d'humble condition; ce qui les stupéfia, ce furent les lettres de tante Eugénie.

Tante Eugénie se lamentait d'être clouée à Paris tandis que son cher neveu et sa chère nièce étaient en Suisse; tante Eugénie se rappelait avec une respectueuse admiration ces magnifiques montagnes, elle disait magnifiques; tante Eugénie se trompant sur les noms comme sur le reste, déclarait

qu'elle n'avait aucun souvenir de Bertha, ni d'Arnold, ni d'Oswald, ni de Nicolas, mais elle se rappelait Heinrich, ce joli petit marchand de fleurs, qui apprenait si vite à écrire; tante Eugénie, dans son amour imprévu pour la Suisse, avait obtenu que son cousin Auguste fît donner au petit rocher de son jardin des proportions grandioses, et elle avait acheté dans un bazar un chalet en miniature qui servait de cage à ses serins. Placée dans une anfractuosité de roc, cette cage lui rappelait absolument le Chalet Rouge, dont elle parlait avec attendrissement.

Cette conversion, Alfred et Camille se le confièrent en riant, était due au goût effréné du cousin Auguste pour le bésigue. La pauvre tante Eugénie s'était vu infliger un supplice qui prenait hypocritement l'apparence d'un plaisir.

Elle avait toujours fait la partie du soir, une habitude consacrée; mais, à mesure que le cousin Auguste s'alourdissait et diminuait la somme de ses promenades, le bésigue augmentait son empire. Il y eut non seulement le bésigue du déjeuner et le bésigue du dîner, mais, sous le prétexte fallacieux, de suivre la mode, de s'anglicaniser un peu, le cousin Auguste imagina chez lui le *five o'clock tea* et y souda une partie qui s'appela : le bésigue du lunch.

C'est au moment de cette invention que les lettres de Suisse écrites par son neveu et sa nièce arrivèrent à tante Eugénie.

Ces épîtres enthousiastes opérèrent sa conversion. Prise d'une passion rétrospective pour les beautés alpestres si dédaignées naguère, elle rêva de montagnes, de chalets, voire de torrents.

Alfred et sa sœur se séparèrent à Lucerne même. Camille et son mari devaient se rendre à Einsiedeln par Brunnen, où se trouve cette prairie du Rutli qui avait enthousiasmé l'adolescent. Alfred reprenait le train de Bâle à Paris, son congé étant près d'expirer.

Le jour du départ, tout ce qui se trouvait de Waldstetten dans l'hôtel, et il y en avait cinq, prit avec émotion congé des voyageurs.

« Nous reviendrons, Arnold », dit Alfred.

Et il ajouta à demi-voix :

« Et nous vous trouverons marié à la fille du directeur et sur le point de devenir directeur vous-même. »

Arnold sourit, et, pressant la main qui lui était tendue, il jeta vers Camille appuyée sur le bras de son mari un regard plein de reconnaissance.

« Et c'est à vous que je dois tout, dit-il, mon propre bonheur et celui de ma famille. Et nous, pauvres Suisses, nous ne pouvons rien pour vous.

— Rien? s'écria Alfred; ne m'avez-vous pas beaucoup donné? C'est en m'occupant de vous, Arnold, que j'ai secoué la léthargie morale qui me tenait; vous et la Suisse vous m'avez sauvé la vie? »

Il disait vrai.

TABLE DES MATIÈRES

732-14. — Coulommiers. Imp. Paul BRODARD. — 10-14.

www.ingramcontent.com/pod-product-compliance
Ingram Content Group UK Ltd.
Pitfield, Milton Keynes, MK11 3LW, UK
UKHW021559260726
13993UKWH00002B/944

9 782329 568409